W0203388

MON NE® F

Comme toutes les semaines, Mounir, jeune beur de banlieue, emprunte le RER pour consulter son psychiatre parisien. Le trajet est pour lui le prétexte à une longue rêverie, l'occasion de se remémorer, sous un jour halluciné, l'enchaînement des épisodes qui ont marqué sa vie : une circoncision sans anesthésie qui tourne à l'infection, la sévérité du père, la tendresse ambiguë de Gigi, qui fut la nourrice de Mounir, et dont il découvrira bien plus tard le véritable métier, au hasard d'une passe…

Après *Boumkœur*, qui connut un formidable accueil du public et de la critique, Rachid Djaïdani, écrivain, comédien, boxeur, récidive avec ce roman coup de poing. Dans une langue poétique et heurtée, il poursuit son exploration implacable de l'univers des banlieues et nous donne à lire un roman inclassable et superbe.

Rachid Djaïdani est comédien, boxeur, écrivain, français d'origine algéro-soudanaise. Il est l'auteur de Boumkœur, *roman explosif sur le mal de vivre des jeunes de banlieue, paru aux Éditions du Seuil en 1999.*

DU MÊME AUTEUR

Boumkœur
Seuil, 1999
et « Points », n° P 1309

Rachid Djaïdani

MON NE®F

ROMAN

Éditions du Seuil

TEXTE INTÉGRAL

ISBN 2-02-078985-X
(ISBN 2-02-063085-0, 1re publication)

© Éditions du Seuil, février 2004

Le Code de la propriété intellectuelle interdit les copies ou reproductions destinées à une utilisation collective. Toute représentation ou reproduction intégrale ou partielle faite par quelque procédé que ce soit, sans le consentement de l'auteur ou de ses ayants cause, est illicite et constitue une contrefaçon sanctionnée par les articles L.335-2 et suivants du Code de la propriété intellectuelle.

www.seuil.com

À nos plumes du bitume
qui seront les montblanc de demain...

PS: À Bernard Pivot qui dans le live d'un plateau télé offrit de l'écho à ma voix et de la lumière sur les lignes de mon BOUMKŒUR...

La musique orientale qui s'échappait du radiocassette n'avait pas assez de coffre pour provoquer des ondulations du bassin. Les femmes étaient compartimentées dans la cuisine et les hommes, eux, assiégeaient le salon.

Moi, j'étais l'électron libre naviguant d'un pôle à l'autre. En ce jour sacré, pour faire honneur à leurs hôtes, mes parents m'agrafèrent la tenue conforme du petit Aladin. Gandoura sur mon corps, chéchia sur ma cabeza et de mignonnes babouchettes pour mes pieds. Des mains agiles et saines picoraient les grains du couscous. Entre les deux crocs d'une cuisse de cocorico et une gorgée de Selecto, des éclats de rire s'échappaient. Loin des bonbonnes de gaz et des couscoussières, les hommes récitaient des sourates du Coran.

Leurs barbes longues et blanches auraient pu défiler pour un concours de pères Noël.

Des youyous retentirent lorsque le cousin germain de ma mère eut franchi le seuil de notre demeure. Petite moustache grisonnante. Il n'était pas radin en bises et en accolades. Quelques dents en or embellissaient son sourire. Coiffeur de profession, il portait un costume taillé à une autre mesure que la sienne. Sa paire de lunettes fumées lui cachait son œil qui tremblait de travers.

Je lui souris comme on offre une friandise, en échange d'une tape affectueuse il me caressa le cuir chevelu, me baragouinant que c'était mon jour de propreté.

En moi :

– Jour de propreté ?

Rien à répondre à cela. À 5 ans d'âge sur le millésime de mon existence, les mots des grands ne m'interpellaient pas plus que ça. Si seulement j'avais pu décoder le message qu'il venait de me faire ouïr, j'aurais tenté de m'enfuir. Au lieu de ça, je m'empiffrais le gosier du thé infusé avec la menthe de notre jardin.

Dans la cuisine les odeurs d'épices étaient tellement divines, j'en gonflais ma poitrine, devenant presque euphorique.

Si j'avais éternué j'aurais parfumé Tchernobyl. Puis deux hommes vinrent me sortir de mes glouh ! glouh ! absorbeurs de menthol.

Ils me signalèrent que mon père souhaitait s'entretenir avec ma petite personne. Plus rapide avec mes babouchettes qu'avec des baskets, je me retrouvai dans ses bras.

Le salon était toujours sous l'emprise du livre qui n'avait de sens que lu à l'envers. À peine après avoir été câliné, je fus catapulté, smashé dans les tentacules du cousin germain qui pour me divertir s'était agrafé la même tenue que la mienne, version Ali Baba :

– C'est ton jour de propreté...

Je l'avais zappée, cette phrase. Des ciseaux aux anneaux dorés à la main. Le regard déterminé. Lui et ses alliés avec un certain savoir-faire me déshabillèrent, m'écartelèrent comme une étoile des mers, puis ils me pelotèrent le zizi de la même manière que la carotide du bêe avant d'être sacrifié à ciel ouvert.

Mère d'un cri de youyou leur donna le signal.

Je fus tranché casher, circoncis sans rien sentir du chuchotement des ciseaux sur mon sexe.

Mon père m'avait clamé de ne pas verser de larmes avec des mots efficaces :

– C'est pas une fillette mon fils.

Je suivis son coaching. Je m'étais à tel point concentré à ne pas être une fillette que je me permis d'esquisser un léger sourire. Cela me valut la clameur de l'assemblée qui me récompensa de billets et piécettes. Les plus radins se contentèrent de m'agrafer sur les joues des baisers rêches.

On me fit un pansement artisanal, conçu à base d'argile chauffée comme la source d'un geyser et d'huile d'olive de dernière pression. Immédiatement la plaie fut colmatée mais pas la douleur. Le cousin germain n'avait pas pensé utile de m'offrir une anesthésie avant de me trancher le prépuce. Mes pleurs réclamèrent ma mère.

Quelques semaines après mon jour de propreté, maman m'ôta mon pansement.

Elle poussa un cri en voyant la colonie d'asticots qui avaient élu domicile dans la viande de mon zizi... J'exagère quelque peu lorsque je dis m'être fait asticoter le zoubi par un wagon d'asticots.

Pour être plus honnête, je devrais plutôt dire : Du pus visqueux recouvrait ma plaie.

C'est à cette vision d'horreur qu'elle déclencha sa sirène d'alarme. Le cousin germain avait négligé de stériliser ses ciseaux à hair. Mon père ne comprenait pas les raisons qui me firent cacher ma douleur. Il me questionna et je lui avouai ressentir des démangeaisons et des guili-guili lorsque je faisais pipi, mais pas une seule fois cela ne me fit souffrir.

Je ne m'imaginais pas les conséquences de cette infection de la bite...

DRiiiiiiiiiiiiiiiiiiiiiiiiiiiiiiiiiiiiiiiiiiNG !!! D'un revers de la main je gifle le réveil qui aussitôt stoppe son cocorico du matin...

Je sors de mon plumard, bye-bye Morphée. J'ouvre les volets et respire mes premières bouffées d'oxygène ensoleillées. Ma chambre a la gueule dans le cul, elle n'est pas très matinale. C'est une jungle à l'intérieur de laquelle je me sens animal. Hélas pour moi, lorsque j'y roucoule ou y expulse mes phéromones, aucune Fée-Melle ne pointe le bout de son nez. Ma chambre est assez ordinaire, Ikea au bon goût de ma mère. Son plafond est tapissé de millier d'étoiles gorgées de fluorescence. Dans ma piaule, le sol est recouvert de peaux de mouton, avec soin je les ai teintes au henné après que mon père les eut tannées. Ses murs sont sertis de cadres sans dorure à l'intérieur desquels je suis figé en noir et blanc.

Des photos souvenirs d'hier et d'aujourd'hui qui ont cristallisé mes différentes facettes, mes multiples morphologies. Sur mon bureau en bois verni à la cire de Maya l'abeille, des ouvrages sur d'anciennes peuplades reposent à la verticale. L'armoire au gabarit XXL empiète sur mon espace vital, j'ai parfois songé à lui faire subir une cure amaigrissante, la liposucer à l'aide d'une poignée de termites, mais cela aurait été un mauvais calcul car mes vêtements en auraient pâti.

Dès lors que j'aurai p'tit-déj et pris une bonne douche écossaise, j'irai à la gare ferroviaire pour m'engouffrer dans les entrailles de mon R, mon Reu-Reu, mon RER. Déguerpir chez mon spy et lui en dire long sur ma vie.

Ma solitude me pousse à me parler tout seul, m'envoie des syllabes formant des phrases qui en deviendraient presque palpables, leur sens parfois me fait perdre la direction. Cette boulimie de mots aurait pu m'expédier en h-p, pourtant je ne me sens pas plus dingo qu'un gars lucide et sans gêne. Tourner sa langue sept fois dans sa bouche avant de palabrer, je n'en suis pas tout à fait capable. Elle n'a jamais supporté de tournicoter sur elle-même. Elle me racle le palais jusqu'à en chier une hémorragie de jacte. Ma langue apprécie d'être libre comme le cabri. Souvent elle fourche, parfois elle blesse, résultat des courses, on me laisse dans mon coin avec mes monologues sans auditeur. Mais je m'en fous, tout seul j'ai encore plus d'histoires à me raconter.

Accoudé sur le garde-fou du balcon, la fenêtre grande ouverte, j'aère. Je ne suis pas un météorologue aguerri, mais à vue d'œil nous ne sommes pas loin d'approcher les 40 degrés à l'ombre. La lumière qui envahit ma chambre me recharge les batteries. Je ne me lasse pas d'admirer le spectacle qui s'offre sous mon nez. J'ai une vue panoramique sur la gare ferroviaire, qui est construite à environ 500 mètres de mon toit. Le tchou-tchou du petit train me perfore les tympans, certains se plaignent de ses nuisances sonores, de quel droit ? Elle était là bien avant nous. Personnellement, je trouve qu'elle apporte un peu de compagnie à mon ennui. Un départ tous les quarts d'heure.

Ma gare est sans prestige, elle n'est pas un lieu de rencontres, à peine un lieu de passage, les usagers en cette période se font rares.

Je pourrais être sa mascotte tant je foule ses quais en toute saison de l'année, j'y salue les conducteurs d'engin à leur arrivée, autant qu'à leur départ.

Lorsque je suis trop près de la voie il est fréquent qu'ils me klaxonnent pour que je revienne sur mes pas. Ils craignent que je ne me fasse happer et recracher en hachis Parmentier. Il zozote, il grince, il s'éloigne, le R, le Reu-Reu, le RER... C'est un reptile à l'éclat tricolore qui au quotidien frôle ma résidence pavillonnaire.

Il propage un chant métallique régulier comme la louange d'une mère pour son fils. Il a de l'électricité dans le regard, filant droit avec ses proies calées dans ses entrailles. Il a été domestiqué par un aiguillage affûté le guidant de gare en gare.

Il ne mue quasiment jamais, sur le réseau il est mon préféré, le fleuron des prolétaires. Tchoutchou fait le petit train qui est déjà loin.

Je suis le jeune citadin d'une ville nouvelle qui peu à peu a germé d'une terre argileuse. Mes parents luttent depuis plus de vingt ans pour mettre fin à leur crédit qui à long terme devrait faire d'eux d'heureux propriétaires à la silhouette voûtée. La zone d'habitation est paisible, j'ai parfois l'impression que mon pâturage a été sponsorisé par une enseigne du troisième âge.

Parsemées par-ci par-là, elles ne sont pas loin d'une cinquantaine les fragiles maisonnettes stockées à l'intérieur d'un enclos qui nous emprisonne au milieu de nulle part. Bien que je ne sois point coiffé d'une crinière, dans l'air du Bois-Fleury je me sens menotté à la manière d'un lion en cage. Il ne s'y passe jamais rien. Ni filles ni gosses de mon âge dans les parages. Les niches sont plus nombreuses que les berceaux.

J'y suis à moi seul une minorité qui à travers sa pigmentation représente une certaine majorité silencieuse, sans cutter ni autre ustensile.

Je suis un imberbe de 21 balais qui n'a jamais joué les apprentis sorciers avec le recyclage des bonbonnes de gaz. Pourtant, dans ma résidence, je suis tenu pour responsable de tous les torts. Une pétition contre moi si je marche sur la pelouse en automne. Une autre l'été si de ma chambre la musique transpire sa rage en dehors de ses frontières à double vitrage. Une plainte en hiver… mes bonshommes de neige sont jugés hors norme car difformes ; et enfin, the must, au printemps, pour ne pas avoir participé à la rénovation des clôtures du côté nord de l'enclos. De mes voisins je ne connais que les plaintes. Sur les feuilles en papier mâché, je décrypte sans trop de difficulté leurs écritures. Ils n'auront jamais l'audace de me faire la moindre remarque en face, pas une fois leurs échos de voix ne m'auront fait vibrer les tympans.

Ils m'homicident avec l'expression de leurs sentiments distingués, signés et expédiés en recommandé, bien entendu.

Certes, il est indéniable qu'il m'arrive de pousser le bouchon un chouïa trop loin, lorsque certaines nuits de pleine lune je deviens :

The Moon Air.

L'Indien au souffle lunaire. Avec mes mocassins. Silencieux telle une jalousie. Épilé de près pour ne laisser de piste à la police scientifique friande de preuves microscopiques. Le visage et le corps débordant de peintures de Geronimo et de Manitou. Armé d'un tomahawk moderne, une massette de 1 kilo 500. Orné d'une plume synthétique, je m'en vais exécuter les fours crématoires du voisinage. Je fracasse les briques réfractaires de leurs barbecues, carboniseurs de méchouis.

On m'a souvent soupçonné mais jamais capturé dans le vif de l'une de mes opérations vengeresses.

Mon costume est camouflé dans l'incognito de mon tiroir à sous-vêtements, un slip autoreverse, blanc ordinaire sur la face A, et sur sa face B on y voit figurer mes armoiries : un croissant de lune et une langue de vipère brodée au fil rouge. Affublé d'un string, il est évident qu'il n'est pas de mon intérêt de me faire choper.

Mon déguisement m'impose une extrême vigilance, il en va de ma réputation de rebelle. Si les Indiens n'avaient pas été entièrement génocidés par les 50 étoiles qui les déplumèrent, j'aurais aimé être réincarné en l'un des leurs. Être animiste jusqu'aux copeaux de mes ongles. Mâchouiller des herbes hallucinogènes pour mes joutes oratoires. Sur le sommet des plaines imiter le chant de l'aigle pour émouvoir l'esprit suprême et scalper les visages pâles pour m'emparer de leurs âmes.

Il fait si chaud que mon cerveau pourrait fondre jusque dans mes chaussettes. J'ai de la crotte aux yeux et la bouche pâteuse. Le réveil c'est la corvée, bien qu'aujourd'hui je me sois régalé d'une luxueuse grasse matinée.

Dès l'aube, mes parents sont partis glaner leurs salaires au fruit de leur sueur, ils sont dans le primeur. Sur les marchés ma mère gueule autant que mon père qui depuis son opération est vraiment diminué.

Je leur rends parfois service pour le déballage et le remballage des marchandises, pour la vente mon trac m'éloigne des planches de leur théâtre.

Côté jardin, mon père balance sans porte-voix :

– Ils sont friches, ils sont bounnes, mi pîches...

Tandis qu'elle, ma mère, côté cour, réplique du tac au tac :

– Il a raison, le vieux ! Mes bonnes-dames, elles sont bonnes, elles sont fraîches ses pêches. Si la viritie...

Ils sont tous deux de véritables phénomènes qui pour amuser leur clientèle n'ont aucune gêne à se caricaturer, s'adonner à toutes sortes d'imitations farfelues, improvisant entre eux des conversations et des disputes.

Leur duo se grime, se déguise.

En abricot ou en melon, selon la saison.

Grâce à leurs audaces, ils ont fidélisé une clientèle. Longtemps, je fus chargé de l'entretien de leurs costumes grotesques en peau de pêche.

J'étais le king pour le repassage et pour la chasse aux mites. Ils sont drôles, m'ont souvent fait rire jaune. Gamin, voir son papa partir au travail en agrume et sa maman en fruit rouge, ça laisse des points de suspension dans l'hypophyse. Père et mère ont tous deux la soixantaine. Leur amour est toujours aussi pétillant. Au bled, ils grandirent dans le même village. Des dents de lait jusqu'au bridge, ils marchèrent main dans la main. Père dans sa jeunesse devait être un pur séducteur, car ce n'est pas pour médire, mais sur la photo de mariage jaunie par l'oxydation du temps maman est bien plus belle que lui. Au dire de mère, la qualité première de son homme, ce serait le courage. Il est vrai qu'au sens littéral du terme papa la kidnappa alors qu'elle était promise à un nanti d'une bourgade voisine. Le butin de papa n'offrit aucune résistance, bien au contraire. Maman de sa fenêtre fit un saut de l'ange qu'il réceptionna tel un don de Dieu. Ensemble, ils s'enfuirent en France.

Les frères de Sarâma, ma mère, s'ils avaient pu mettre la main sur Hassam, mon père, ils lui auraient fait bouffer ses glaouis. Maman, elle, aurait été lapidée sur la place du marché. Il est chaud de jouer avec le feu dans certaines contrées. À ma naissance, les parents de mon père m'offrirent leur bénédiction.

On me colla à l'oreille l'écouteur du téléphone et à distance grand-père et mère-grand me soufflèrent des mots magiques qui malheureusement ne purent déjouer les mauvais tours de ma destinée.

Comme souvent le matin, je me retrouve seul, livré à moi-même. Dans notre minivilla à la déco francomusulmaniste, je suis au centre d'un monde utopique où fusionnent à la manière d'un arc-en-ciel le culte et les gadgets... Une tour Eiffel transperce le cœur d'un cupidon, La Mecque fait l'accolade au vieux saint Christophe. La cuisine américaine est envahie avec fair-play de livres culinaires du Maghreb et de couteaux venus d'Asie.

Les tajines sont construits à base d'éclats d'Intifada et de soupirs de lamentation. Les lustres ont été signés par d'illustres inconnus.

Les poignées de porte sont en cuivre véritable, leur vert-de-gris l'authentifie. Un bouddha fait un bras de fer avec une main de fatma...

Mes parents sont adeptes des brocantes, bras dessus bras dessous, ils aiment chiner, fouiner, entre les allées des brocanteurs. Ils sont de fameux marchandeurs, aucun tarif ne résiste à leurs assauts. Plus la négociation sera serrée, plus le plaisir de l'achat sera jouissif.

À mes pieds des babouches, le torse nu pour profiter de la chaleur et un bermuda : Too-High par pure gourmandise. Dans ma chambre je suis un peu le prince de mon monde, un Hamlet sans couronne ni fortune. Fortune, gente damoiselle qui si un de ces quatre matins se mettait à tok-to-kê à ma porte se verrait menottée sans sommation sur mon compte débiteur.

Je suis un apprenti coiffeur sévissant dans un salon aux rares pourboires. Le cheveu n'est pas ma passion mais la vie est ainsi faite, on ne choisit pas toujours d'être ou ne pas être, parfois on s'incline lorsque le mental a les muscles trop faibles.

Mon père et ma mère m'ambitionnaient un avenir au sommet. Ils ne se doutaient certainement pas que leur rejeton serait une ombre balayeuse de tifs pelliculeux. Personnellement, si je puis me permettre, je pense que j'aurais pu devenir astronaute.

Oui, j'aurais pu, si mes instituteurs et institutrices m'avaient protégé des bandes des préaux qui de la primaire au collège sévirent contre moi. J'étais la tête de Turc, une interférence, une tête à claques...

Comme de coutume durant la période estivale, des maîtres-chiens ont été réquisitionnés pour protéger les joyaux cachés de certains pavillons allergiques aux insomnies d'un bloc HLM. Les chiens et leurs maîtres me reniflent toujours de travers lorsqu'ils m'aperçoivent dans l'épicentre du Bois-Fleury.

Ils me prennent pour un intrus, je dois souvent montrer patte blanche si je ne veux pas me faire chiquer par leurs clebs. La cité, malgré mon faciès rocailleux, je ne l'ai jamais foulée du pied, à peine décortiquée du regard. Elle est située dans les hauteurs de la commune, non loin d'une bretelle d'autoroute et d'un lac pollué de poissons-chats. Elle a souvent le nez dans le brouillard des fumigènes...

Je marmonne depuis déjà une bonne demiheure et ma chambre n'est pas rangée, c'est tout moi ça, dès qu'il s'agit de mettre la main à la pâte il me pousse un poil dans la paluche. Plus je parle et plus je m'oublie. Le lit au carré, je me le réserve pour plus tard...

Je laisse ma couette s'aérer. J'ai du bagout au réveil et aussi une très mauvaise haleine. D'un pas nonchalant ne nécessitant guère plus d'une demicalorie, je me retrouve dans ma salle de bains. Nu. Elle déborde de miroirs tellement nombreux qu'ils me mettent mal à l'aise, ils amplifient mes défauts les plus intimes, les plus secrets.

Si seulement j'avais pu les dompter, leur faire baisser le regard à mon passage. Une chance qu'ils ne soient mouchards, sans quoi, plus l'audace de sortir de la casa.

Inutile de tourner autour du pot avec moi-même, j'ai un rikiki sexe, traumatisé par sa circoncision...

Je m'apprête à subir la torture de la douche écossaise, rien de meilleur pour le réveil. Avant de faire jaillir l'eau glaciale sur mon corps de mâle, je prends le temps de me concentrer. Je respire à fond, j'inspire, j'expire...

Ha ! glah ! glah ! C'est froid ! Un peu de 2 en 1 sur ma carcasse, parce que je le vaux bien, un zeste de frottage énergique et un zeste de rinçage rapide...

J'y suis entré aussi vite que j'en suis sorti. J'ai la chair de poule. Mon peignoir endossé ça va déjà mieux. Snif, snif, j'ai le nez qui coule et je n'ai pas de kleenex pour le consoler. La morve, c'est un peu les larmes des narines.

Un coton-tige chasse la mousse qui assourdit mes oreilles ; à l'aide d'un bain de bouche à l'arôme plante verte j'anéantis ma mauvaise haleine. Cheveux gominés, parfumé d'une essence délicate, je me sens assez beau gosse aujourd'hui, ça ne mange pas de pain de se la raconter.

C'est aussi frais qu'un gardon que je me réintroduis dans les viscères de ma chambre. Il faut la rendre coquette.

Le plumeau chasse la poussière de l'écran de mon ordinateur HS.

L'aspirateur gobe quelques miettes d'étoiles fluorescentes qui se sont décrochées du plafond. Je secoue par la fenêtre les peaux de mouton qui pèlent, je suis assez fier de leurs teintes cuivrées au henné. Les draps changés, le lit avec sa couette Pinocchio se retrouve parfaitement carré, la parure m'a été offerte par ma nourrice à l'un de mes plus jeunes anniversaires. Ma piaule aime être purifiée après chacune de nos nuits.

Ce n'est pas pour m'envoyer des fleurs mais je pourrais me reconvertir en femme de ménage. Ma chambre est impeccablement nickel, parfaitement liftée. Je n'attends de sa part aucun signe de reconnaissance… J'allume une mèche d'encens et la sève nuageuse se répand, parfumée. Et plus rapidement qu'une rumeur, je m'en descends grignoter.

De la cuisine j'ai une vue imprenable sur le jardin. Mon père en digne fils d'agriculteur aime à bichonner ses quelques mètres carrés de terre. La pelouse y est presque autant sacrée qu'un tapis de prière. Le jardin est encerclé par un collier de hauts conifères. Le gazon est régulièrement tondu, les mauvaises herbes ne sont pas à la fête sur le green.

Les pucerons ont opté pour l'exode plutôt que de périr sous la répression de puissants pschitt-pschitt insecticides, flingueurs jusqu'à la nappe phréatique.

Certains matins, lorsque la rosée s'est déversée sur la moquette chlorophylle, lui, mon père, aime à la capturer pour ses ablutions. Ni barbe, ni moustache, ni postiche sur son visage pour pratiquer son islam. Il a la foi, chantonne des sourates qui tourbillonnent au-dessus de nos têtes. Déchaussé, ses voûtes plantaires avec une délicatesse de fakir froissent les pointes d'herbe complices qui lui offrent un massage relaxant.

La balançoire rouillée par l'usure du temps fait partie du décor, des meubles du jardin. Elle a perdu sa fonction d'origine.

Ma mère y a noué des cordages à chacun de ses poteaux. Sur un fil d'étendage rafistolé à base de lacets, ceintures et lambeaux de tissu, le linge sèche paisiblement.

Quant à lui mon père, une fois par an, il abuse de sa transversale et de sa lucarne pour y suspendre le bêe fraîchement sacrifié.

Fut un temps, lors des fêtes du ramadan, je tentais de sauver la vie du bêe...

Si le jour de la fête de l'Aïd le papa égorge le mouton, ce n'est pas pour m'offrir sa peau et que je la colorie. Cela fait partie de son devoir de bon muslim. Pour que j'arrête de faire ma BB en dissimulant dans mon placard l'animal apeuré ou en cachant la lame dévoreuse de carotides et la boussole qui lui montre du doigt la direction de La Mecque, il me fit sa petite leçon de théologie avant chaque sacrifice. Son blah ! blah ! à la voix cassée, je le connais par cœur :

– Mon fils, si j'égorge ce mouton, c'est le souhait du Miséricordieux. Blah ! blah ! blah ! Abraham avait un fils chéri de 10 ans, Ismaël. Un jour, pour éprouver la foi de son prophète, Dieu lui imposa d'aller le tuer... Blah! blah! blah! Abraham eut du mal à passer à l'acte. Tuer son propre fils... Mais c'était la volonté de Dieu. Il se décida alors à accomplir sa mission et, au moment où la lame du couteau allait trancher la gorge d'Ismaël, Allah vit que son prophète avait vraiment la foi... Blah! blah! blah! Alors, il envoya l'archange Gabriel qui descendit des cieux à la vitesse de la lumière. L'archange stoppa Abraham. Il portait dans ses mains un mouton qu'il offrit au prophète, l'animal fut sacrifié à la place d'Ismaël. De ce jour c'est un devoir d'accomplir ce rite, pour nous musulmans... Blah! blah! blah!

Dans mon placard le fugitif ne fit jamais long feu et papa possédait en double toutes les armes du rituel. À ce jour jamais aucun ovidé n'aura été épargné par ce génocide ancestral.

En ce qui me concerne, la structure de la balançoire de notre jardin me servit longtemps de buts, à l'intérieur desquels je fus un gardien émérite.

À mes coups de sifflet, je m'envoyais en l'air pour intercepter des ballons imaginaires shootés par des ghosts amoureux du ballon rond. Mes parades, arrêts décisifs, claquettes, dégagements, relances, sorties, anticipations et autres actions mirent mes genoux et mes hanches à rude épreuve.

À tel point qu'une calvitie incurable squatte à tout jamais le centre de la balançoire. J'avais tellement de conviction dans mon goal, j'en avais oublié les dangers.

Fracture du nez, traumatisme crânien après avoir flirté de trop près avec le poteau droit. Mon pif n'a plus rien à envier à la tour de Pise. À la suite de cet électrochoc ma fréquence cérébrale aura, c'est certain, subi quelques déflagrations...

Sur la porte du réfrigérateur, à l'aide d'un feutre magique mes parents n'ont pas omis de me notifier le bon timing de ma journée :

Petit déjeuner,
après t'être lavé
et avoir rangé ta chambre...
Prendre le RER de 14 h 10
pour ton rendez-vous.

Mes parents ont eu le luxe de pouvoir apprendre à lire et écrire. Ils ont toujours assisté aux réunions des parents d'élèves, impossible de les mener en bateau. Sur mes bulletins, ils ont toujours su différencier mes performances et mes banqueroutes. Alors qu'en primaire certains camarades de classe n'avaient qu'à faire une croix pour falsifier la signature de leurs papa-maman analphabètes, moi mes bulletins de notes étaient plus décortiqués qu'une fiche de salaire, gare au redoublement. À une époque, je maudissais le pays qui en les colonisant leur avait enseigné l'art de lire, écrire. L'âge aidant, je parfume à présent leur Charlemagne qui les rendit indépendants en long en large et en travers. Calculer en euros autant que suivre un film scandinave en VO, sous-titré VF, n'est pour eux qu'un jeu enfantin...

Mon chéri, prendre ton médicament
avec beaucoup d'eau.
L'argent se trouve dans l'enveloppe,
nous t'embrassons...

Je désintègre d'un revers de la main leur calligraphie et inscris en fluo :

Gobé.

La chimie des médocs m'électrochoque les neurones, les correctionne sur ordonnance, à la longue mon cerveau finira fumé façon saumon bas marché.

Au pire, braisé comme un poulet du KFC.

Lorsque je m'allonge sur le divan frigide, le spy me demande régulièrement de me mettre à nu afin de pouvoir remonter strate par strate à la source de mes délires...

Dans la cuisine, je croque une pomme, mon fruit adoré, rouge, vert, jaune, c'est une signalisation que j'aime brûler sous le feu de mes incisives. Depuis la perte de mon pouce, je suis devenu un pieux végétarien. La vue du sang me fait tourner la tête. Poissons, œufs, maïs, haricots, courges et autres cucurbitacées ou sucer des cailloux plutôt que de me taper un steak labellisé par l'empreinte de sa traçabilité.

Clic-Clac !!! En l'espace d'un battement d'œil je ferme tous les orifices de ma maisonnette. Je la rends hermétique jusqu'au retour de mes parents. Elle se retrouve dans une apnée à double tour, ce qui lui évitera d'être visitée par les habitants des cités-dortoirs. Désormais à l'extérieur je n'ai plus qu'une chose en tête, m'enfuir avec la légèreté d'un courant d'air vers ma gentille gare ferroviaire. Mon portable est chargé et capte à 100 % les ondes de son réseau, rien d'exceptionnel à cela car les antennes-relais de téléphonie mobile ne manquent pas.

Leurs champs électromagnétiques perturbent fréquemment les ondes hertziennes de notre TV, cela ne me dérange pas, bien au contraire, lors des coupures de son je m'amuse à doubler les voix des habitants de la boîte à images.

Je me régale surtout à postsynchroniser les dessins animés.

Les soirs d'insomnie, le cul posé sur un pouf de notre salon, la télévision, je la mate. C'est elle qui m'assomme, me somniférise avec l'appui de sa mire aux couleurs psychédéliques.

A-t-elle vraiment vendu son âme à un refourgueur de -ismes ?

Parfois je m'interroge.

Dans certains de ses programmes, elle amalgame, alors je la zappe, la boycotte.

Je suis vexé lorsqu'elle vomit des commentaires amers sur les cafés noirs et autres cafés au lait de mon espèce. Je perçois ses images subliminales qui contre ma saveur arabica font croisade. Mais je me tais, elle est trop puissante. Elle est la masse, l'amie dont personne ne remet en doute la parole. Elle est la lucarne par laquelle on s'évade de son chez-soi. C'est un bocal qui noierait père et mère pour trinquer avec l'audimat et la ménagère qui fait plus que son âge.

La télévision est une baguette magique manipulée par des misanthropes, qui ne font qu'apparaître sur nos écrans des flammes réchauffant les haines, elle m'insécurise...

Sur mon poignet ma montre tic-tac au tempo de mes syllabes, je suis un monologue, un free styler, une réplique sans protagonistes, une ponctuation épargnée par le silence. Pourquoi ambitionnent-ils tous de me voir lobotomisé ?

Les spy me réclament, leurs camisoles veulent consoler mon esprit qui glisse entre les mailles de leurs gants cloutés. Ils devront encore s'acharner, pas demain la veille que l'esprit se laissera capturer.

Cet après-midi l'indice de pollution est au plus faible, mes sinus sont à la fête. Pas à pas, je m'extirpe du labyrinthe de la résidence du Bois-Fleury. Le ciel est bleu et peu de cui-cui au-dessus de ma tête. Cette année par chez nous, les hirondelles ne finissent pas l'été. Nombreuses sont celles qui se suicident, en se projetant contre les lignes à très haute tension du réseau ferroviaire. À chaque cui-cui carbonisé qu'il m'est arrivé de recueillir, j'ai chantonné une prière que m'inspirent les airs et ses autres partenaires, la pluie, ou la neige. Une cérémonie décente pour l'ultime envol vers l'autre monde. Après l'avoir enseveli dans sa dernière demeure, avec une graine de golden dans le bec, je quitte le défunt cui-cui qui repose en paix au pied d'un vieux platane jamais blessé par la foudre, preuve qu'il est sacré.

Je n'ai jamais eu peur de la mort car, comme la cerise sur le gâteau, elle est inévitable. À l'inverse des règles du B.L.E.D., elle ne fait pas dans l'exception. La garde haute ou la garde basse, tôt ou tard, elle nous conjugue au passé. Quand elle nous zyeute, c'est l'arrêt sur image. La mort m'a visité, c'était un soir d'hiver...

Le design des pavillons n'est pas plus élaboré qu'un Flamby sortant de son moule. Ce qui fait l'originalité de nos modestes maisonnettes, c'est qu'elles portent un blaze. Chaque proprio a baptisé sa casbah. La nôtre se nomme :

L'OASIS.

Les neuf autres pav' de mon allée se prénomment :

LE FER À CHEVAL D'EVA ET NICOLAS,
L'AIMANT DU JADOK ET DU SIG,
LA PATTE DE LAPIN DES CHELLI,
LE SEL DE MICHAGNIÈS ET SABINE,
LA COCCINELLE DES KOUYATÉ ET GUIMBA,
LE POMPON DU MARIN DE BERCO ET CARNET,
LE TRÈFLE À 4 FEUILLES,
LA CORNE D'ABONDANCE D'ELSA ET WOLINSK,
LA BARAKA DE SABRINA HAMIDA.

Dois-je l'avouer ?

J'ai toujours un pincement au cœur lorsque je passe devant :

LE POMPON DU MARIN.

Qui jadis s'appelait :

L'ÉPI DE BLÉ.

Ce pavillon durant plus d'une décennie fut celui de ma nourrice.

Sous la tutelle de ma nounou j'ai passé une grande partie de mon enfance. Elle me connaissait jusque dans ma plus pudique intimité. Ancienne infirmière, c'est elle qui avec la bénédiction de ma mère décontamina mon rikiki scarifié par un coupe-tifs aux anneaux dorés. Avec un peu d'éther et beaucoup d'affection, je fus soigné. Elle me rafistolait et très rapidement je retrouvai ma véritable démarche, laissant loin derrière celle d'un Lucky Luke de 5 piges. Ma nounou m'a consacré beaucoup de son temps et de son énergie.

Elle était une excellente pédagogue qui me fit faire d'énormes progrès dans divers domaines. Préadolescent, elle fut ma confidente. Avoir une personne à laquelle je pouvais me confier me permit de moins péter ma durit, en secret j'ai été amoureux d'elle.

Son visage
Sa voix
Sa peau
Ses cheveux
Son odeur
Son corps
En un mot, le bonheur.

Quelques années après le décès de son mari, ne pouvant rembourser le crédit de son toit, Gisèle, ma nounou, ma nourrice, fut éjectée. Elle cessa d'exercer son métier de garde d'enfant pour en pratiquer un plus physique, si je puis dire…

Elle réside désormais à Pétaouchnock dans un patelin même pas desservi par le Réseau Express Régional.

Le vent qui me lèche le visage est si chaud qu'il me ferait presque fondre les pixels caramel de mon épiderme. À mon rythme, je me dirige vers ma gare. Dans mon champ de vision s'engouffrent toutes les banalités de ce qui fait un bel été. Le soleil brille, les jardins sont fleuris, les rues sont vides, les papillons voltigent d'une tige à l'autre et sous mes pas le bitume est souple. C'est la canicule, je suis à deux de tension, lourd comme un cheval mort.

Je sifflote un air joyeux de :

– Scoubidoubidouwouah…

Et presque aussitôt un écho de wouaf-wouaf envahit mes oreilles, ce sont les bulldogs et leurs maîtres-chiens. Ils sont en tenue de combat :

Têtes rasées,
gantés,
treillis,
rangers,
flash-ball,
tonfa,
menottes,
lacrymogènes,
talkies-walkies.

Ils ont aussi des gueules qui feraient frémir de frayeur Halo Win. Ils me bastonnent du regard, ils ont jailli de nulle part. Je leur esquisse un sourire. Ils m'encerclent avec leur meute sans muselière. Les deux molosses grognent, leurs dogs me reniflent, moi je ferme ma gueule et tends l'oreille.

Eux à moi, d'un ton sec :

– Bonjour...

Moi, courtois :

– Bonjour messieurs, bonjour les chiens-chiens... Ils sont beaux les toutous...

Les maîtres-chiens m'aboient :

– On peut savoir ce que vous faites dans cette résidence, vous cherchez quelqu'un... Du calme, Tyson...

Moi, l'interrogé aux enquêteurs non assermentés :

– Il s'appelle Tyson votre chien, il croque les oreilles... ? je rigole.

Les maîtres-dogs sortant leurs canines à chacune de leurs syllabes :

– Vous cherchez quelqu'un dans ce secteur ? Oui ou non... sinon, vous n'avez rien à faire ici.

Moi, du tac au tac :

– Je crois que Tyson et son pote ont soif, ils ont leurs langues qui rayent le parterre, vous savez quand j'étais petit j'avais un nounours chiot qui...

Eux, me coupant d'un ton incisif :

– On s'en branle de tes histoires de chiotte, tu fous le camp d'ici et vite... Sinon on lance un appel à la police.

Moi, joyeux, à mes nouveaux amis :

– Oui je fous le camp d'ici, car je vais à la gare. Le tchou-tchou m'attend, je vous souhaite une bonne journée, à vous et vos chiens, à la revoyure...

J'aurais dû leur laisser ma photo et un échantillon de mon urine, pour qu'enfin ils cessent de me faire perdre mon temps chaque fois qu'ils me croisent.

Avec un peu de jugeote peut être un jour comprendront-ils que je demeure à ***L'OASIS***, je ne vais pas leur mâcher tout le travail. Ils m'ont coupé mon envie de siffloter. Je trace droit devant, retrouve ma cadence.

Bye-bye Bois-Fleury, welcome jungle urbaine. Sur la moquette bitumée, j'imprègne l'empreinte de mes sandalettes.

La circulation est dense sur le boulevard Brook-Myers et la rue Lilo-Estienne.

À leur passage les tutures balayent des rafales de vent qui me ventilent le visage.

Les décibels des autos qui vroum-vroument me font bourdonner mes feuilles de chou-fleur, tandis que les pots d'échappement me noircissent les poumons. La limitation de vitesse n'est respectée par aucun chauffard.

Sur cet axe routier, la mairie aurait dû faire construire des ronds-points, des dos-d'âne, des jerricanes, et pourquoi pas installer des radars car, une fois mangé le platane, trop tard il sera.

Sous le cagnard, j'ai beau claquer des doigts, le feu de signalisation ne rougit guère.

Les tutures sont prioritaires, elles défilent à toute berzingue. Vroum blanche, vroum bleue, vroum marron, vroum violette, vroum noire, vroum mauve, vroum pin-pon, feu orange, feu rouge. Sur les clous tatoués sur l'épiderme du goudron, je traverse, ébloui par les rayons du sun qui ricochent contre les pare-brise des autos rugissantes au point mort. Je suis comme transporté sur un tapis volant. Plus je m'éloigne de mon pâté de maisons et plus je me sens libre.

Pas à pas, ma gare se dévoile, elle n'est pas plus impressionnante que la petite maison dans la prairie. Elle est bâtie en briquette rouge, ses boiseries sont en PVC, ses vitres sont fumées, son toit est en ardoise et l'horloge pin'sée sur sa façade m'indique qu'il faut presser le pas.

Les capteurs infrarouges ont actionné l'ouverture de la porte principale. Enfin, au frais. Dans le hall de ma gare, il y a toujours les mêmes vagabonds qui squattent. Ils ont élu domicile, tendent leurs mains, pour une piécette, une cigarette, un ticket restaurant, ou... un sourire. Tant que je peux, je leur offre des miettes de centimes d'euro mais aujourd'hui mes fonds de poche sont vides, alors ils se contenteront d'un sous-rire.

Apparemment cela ne semblait pas être suffisant puisque l'un des sédentaires au visage rougi par la joie de la vinasse insiste :

– Allez, mon petit gars, une petite monnaie, les sourires c'est gentil mais ça fait pas boire son homme. Une petite piécette, que l'on trinque à ta santé...

Assis sur le sol marbré en pierre tombale, ils ne sont pas loin d'une dizaine de SDF à m'offrir des smiles sans émail.

Sur leur paume de main, la ligne du bonheur a été supprimée. Ils survivent grâce aux fonds des poubelles.

La société marginalise ses citoyens, les enfants de sa patrie dont le sang souillé par la misère n'existe que par leur puanteur. Si la pauvreté n'avait plus d'odeur, elle ne dérangerait plus personne.

Mon nez n'en peut plus de respirer les émanations toxiques du groupe, il lui faudrait un masque à gaz. Je ne suis pas Robin des Bois pas plus que je ne suis une pince ou un radin. Je ne peux leur refourguer l'argent de ma consultation. Je ne veux leur filer mon coupon de carte orange sinon les contrôleurs, les leur-leurs, me tartineront un PV.

J'aurais sans doute pu distribuer à chacun une unité de communication sur le forfait de mon GSM. Mais qui auraient-ils bien pu appeler sur cette planète ?

C'est donc désolé que je déclarai :

– Mes amis, je suis navré de ne pas pouvoir vous enrichir d'une maigre fortune, mais je vous jure, la prochaine fois, j'aurai de quoi vous faire siroter à ma santé.

Le chef de la tribu que l'on aurait pu baptiser Visage Rougi par l'Eau de Feu me tendit sa main et me dit :

– Tope là gamin, on fera un bisou au goulot de ta bouteille, hic, mais gare à toi... (Trou noir.) si tu ne tiens pas parole... car même bourré, naufragé dans l'éthylique, je n'oublierai pas ton visage. Tope Man 5 ! ! !

Sa paluche était si énorme qu'il me broya la main, je crus un instant qu'il m'amputait de mes doigts...

En chœur, la tribu de la gare me souhaita bon voyage. Du fond du mien, je leur rendis la monnaie de leur pièce.

– Au revoir.

Les enceintes agrafées aux parois me martèlent les tympans d'une cacophonie qui me déchire les oreilles. Pour pouvoir m'entendre penser, il me faudrait des boules-caisses...

Plus rapidement qu'un dribble de Zidane, je sors mon coupon 1-5 zones et me dirige vers les portiques.

Quand un cri me fait froid dans le dos...

– Wouesh...

C'est un djeun's des cités-dortoirs, il galope vers moi.

Ce n'est pas à un vieux singe que l'on apprend à faire la grimace. Il va souhaiter franchir le portique avec mon aide. J'extrapole, mais un fraudeur qui commet une incivilité, c'est la part belle pour l'insécurité et les votes extrêmes. Je ne vais pas le laisser faire. J'attends donc qu'il arrive à mon niveau. Il ne doit pas avoir plus de la majorité. Il porte une casquette de marque, un survêt de marque, des baskets de marque. En somme, il ne se démarquait guère du stéréotype du jeune de banlieue.

Moi à lui :

– Tu souhaites resquiller...

Lui :

– Quoi ?

Moi, moins petit Larousse :

– Tu veux que je te fasse passer ?

Lui, d'une voix plutôt douce :

– Non, non. Vous travaillez au salon de coiffure,

je vous y ai vu hier, quand je suis venu pour une coupe.

Il retire sa casquette pour me faire apprécier l'œuvre.

Moi, pas con, pris à contre-pied dans mes préjugés :

– Oui, c'est vrai, je travaille au salon... Je suis l'assistant.

Lui, à l'aise dans ses baskets :

– Je sais, vous passiez la serpillière... Voilà, je vous explique vite fait, moi je m'appelle Azzoug Akim. C'était pour vous demander, vous n'auriez pas trouvé une banane avec un logo *Get Busy* et mes papiers dedans ?

Moi :

– Une banane avec tes papiers dedans, une banane ? Au salon... hier... Ouais, si ma mémoire est bonne, je crois que mon boss a récupéré une sacoche. Il faudrait que tu passes lundi, parce que là, on est fermé.

Le djeun's, souriant :

– OK, je passerai en début de semaine... Parce que si j'avais dû aller au commissariat pour les refaire, tu vois ce que je veux dire...

– Ouais, je vois, on y entre pour des papiers et on en ressort clandé, douce France... (Rire complice.) Je peux te poser une question... (Curieux puisque la glace était brisée.)

Lui acquiesce.

– Tu vas chez le coiffeur et tu te couvres d'une casquette, tu m'expliques?

Le djeun's dont j'ai déjà oublié l'état civil:

– Laisse tomber... Avec ses ciseaux tordus, il m'a ruiné la tête. Il m'a fait une fausse coupe. Sur ma vie, il a déconné... Sur le catalogue je lui ai montré ce que je voulais, un style américain, et lui il m'a fait une coupe du bled. En plus il voulait que je prenne une carte de fidélité. Si t'apprends ton taf avec un coiffeur comme ça, tu vas finir au chômage. Y faut que j'y aille. À plus...

Il décampe plus vite qu'un lièvre poursuivi par la poudre d'escampette.

J'introduis mon coupon dans la fente du portique qui le valide.

Finie la période des poinçonneurs et des petits

trous, place à la modernité de l'informatique et à la touche tactile.

Pas d'escalator, pas de tapis roulant, pas d'ascenseur pour me déposer sur le quai. Je gravis donc les marches, une à une, puis deux à deux. Évitant de bimbadaboumer.

En cinq-cinq, je parviens au sommet. Mon R est déjà stationné sur sa rampe de lancement. Le Reu-Reu est long de sept wagonnets, ses vitres teintées ont été rayées par des mains sauvageonnes et vandales.

Les odeurs qui s'introduisent dans mes fosses nasales sont épicées d'huiles de vidange ensoleillées. Sur un panneau publicitaire en 4 × 4, une charmante mannequin rafistolée par le Photoshop me fait profiter de ses formes rondelettes et généreuses, elle m'inspire.

Je suis troublé par sa beauté, si j'étais parano je pourrais croire qu'elle m'allume. Je lui lâche un clin d'œil, ça ne mange pas de pain de se la jouer beau gosse.

Pour être franc, si un jour j'avais la chance de me retrouver en face d'elle, la femme glacée cadrée en 16/9, je crois que je me liquéfierais sur place. La lady a hérité d'un don, d'une beauté qui est du sucre pour ma vision. Elle est brunette, ses cheveux sont plus légers que le souffle d'un nouveau-né, ses yeux de biche me rendent fan à m'en cramer les ailes. Son sourire émail diamant est si puissant, j'adorerais me faire croquer par l'une de ses molaires. Son corps, du miel pour mon imaginaire.

Ses jambes sont plus douces et glissantes qu'un toboggan. Sur sa malléole externe, un discret tatouage est incrusté, un taureau, probablement son signe astrologique. Je n'ai jamais croisé de femme aussi déboulonneuse de cervelle, je me demande même si ce type de déesse existe réellement. Une chose est sûre, c'est qu'avec moi elle sera sans doute déçue. Je n'ai pas d'argent, j'ai un pouce en moins et à 21 ans je vis encore chez papa-maman.

Hormis deux-trois blagues de Toto, je ne suis pas très drôle et malheureusement je ne suis pas bâti à la mesure d'un étalon. Pour une princesse telle que elle, je pourrais me teindre en blond si elle me le demandait, devenir l'ombre de sa main, l'ombre de son chien…

Ô Mounir, Mounir, pauvre de toi. Je tombe amoureux d'une fille qui sur une affiche publicitaire défend le bizness d'une marque d'enjoliveur. Je la zappe en restant sur ma faim.

13:50 sur ma tic-tac, c'est l'été, hélas pas de criquet pour me le chanter. La température est tellement énervée que même le thermomètre transpire. Les doigts de pied en éventail à l'intérieur d'un Reu-Reu à l'arrêt, je suis tellement en nage que je pourrais me rendre chez mon spy à la brasse.

Je n'ai pas mon permis de conduire. Pourtant, je sais piloter en automatique autant qu'en manuel mais au papier rose j'ai préféré la carte orange.

Pas d'air conditionné à l'intérieur de mon ®, tout juste le souffle tiède de sa mauvaise haleine.

Avec mes sandalettes, mon bermuda et mon marcel, aucune chance de plaire aux gazelles. Ce n'est pas bien grave, l'essentiel c'est que je me sente à l'aise. À mon habitude, je me suis installé en seconde classe, les sièges y sont mieux lacérés donc mieux aérés pour mon derrière.

Le wagon est vide, personne avec qui partager des regards sans écho. Pas de journal entre mes mains pour faire défiler le temps mort au rythme d'une lecture quelconque.

Le moteur du Reu-Reu ronronne et les minutes peu à peu sont gangrenées. Le compte à rebours du départ ne devrait plus tarder à montrer le bout de son nez.

Dans un premier temps, le spy employa la méthode douce, celle dite de l'archéologue, mais le jour où je faillis me noyer... il décida de me sevrer.

La faute à la boîte à images. Influençable et fragile, je n'ai pas toujours su la décrypter. Une fois de plus elle venait de me jouer un mauvais tour.

Je la regardais en seconde partie de soirée. Au programme, des tours de magie. Papa, maman et moi restions bouche bée devant les prouesses du magicien qui était capable de découper sa femme dans une boîte et la recoller, ou alors, s'enchaîner, se cadenasser, plonger dans un aquarium géant et en deux gestes trois mouvements il parvenait à se libérer. N'ayant pas de femme à découper ni de foulard cracheur de colombes, à 13 ans, me croyant malin, je décidai donc de me lester et m'immergeai dans ma baignoire. En apnée, en position fœtale. J'étais certain de m'en tirer, ce ne devait pas être bien sorcier. Sauf que, sans m'en rendre compte, je m'endormis sous le flot de l'eau tiède.

Heureusement que papa passa dans la salle de bains pour y faire ses ablutions. Il me repêcha entre les deux eaux de la vie et de l'autre rive. Lorsque je retrouvai mes esprits, papa et maman en furie me demandèrent ce qui n'allait pas dans ma tête. Trempé dans mon caleçon, je restai silencieux. Papa sans m'annoncer la couleur m'envoya une gifle qui me décoiffa le cerveau. La claque me coloria sur la joue une main de fatma, plus brûlante que la braise. J'aurais pu lui rentrer dedans, lui casser les dents, mais je demeurai stoïque.

Papa me fixa du regard, ses yeux brillaient et lorsqu'ils clignèrent des larmes s'échappèrent. Père en pleurs s'effondra devant moi. Les World

Trade Center n'auraient pu me secouer autant. Lui à terre et moi debout. Maman pleine de retenue me demanda :

– Pourquoi ?

Moi, je restai sans voix.

Avec un écho de sanglot dans ses cordes vocales :

– C'est un péché...

Elle se jeta autour de mon cou, me disant qu'elle m'aimait et que mon père aussi. Dans ses bras j'étais tout petit.

La tête au sol, papa hurla :

– Il veut se suicider, nous abandonner...

N'y comprenant plus rien :

– Mais non ! ! ! C'est pas ça, j'avais envie de me libérer, pas de me suicider.

Maman, ventousée à mes cervicales, m'asphyxiant presque :

– Te libérer de quoi ?

Paumé dans la confusion :

– J'ai rien fait de mal, je pensais pouvoir réussir le tour de magie qu'on a vu à la télé, ça a loupé, ça arrive...

Je fus privé de TV comme un toxico de sa shooteuse. La boîte à images n'a pas toujours été une bonne fréquentation. À 3 piges déjà c'est elle qui me fit croire que les personnages des cartoons étaient mes amis.

Les dessins animés m'embarquèrent dans leur univers, ils me dupèrent. Ils perdirent ma confiance le jour où ils me firent me mutiler le pouce. D'après eux si je me le sectionnais avec le sécateur à rosiers, il devait repousser avec un goût de fraise. Tu parles, lorsque ma phalange s'éjecta je fus noyé dans l'hémorragie de mon hémoglobine. Les cartoons se moquèrent sans m'administrer les premiers soins. Mon pou-pouce, s'il avait pu s'exprimer, il en aurait eu des choses à dire, lui qui aura subi la tragique loi des séries.

Après s'être fait croquer par le sécateur à rosiers, il se fit de nouveau malmener, raboter, lors d'une péripétie hors du temps qui se déroula dans la brise de mes 19 ans. Le récit abracadabrant de ce souvenir me retourne l'estomac plus violemment qu'un baptême de l'air. C'est pour cela que cette mésaventure doit rester terrée dans l'omerta de mon être.

La chaleur insoutenable de l'été m'assèche le gosier et j'ai une irrésistible envie d'uriner. Pas de madame Pipi dans le compartiment, le Reu-Reu ne possède pas de toilettes.

Un pan de mur ferait l'affaire, je renonce. Des caméras dissèquent sans relâche tous les coins et recoins de la gare, ainsi les vigiles chasseurs de pirates peuvent contrecarrer tous les mauvais coups.

N'étant guère d'une nature exhibitionniste, je prends mon mal en patience, je pisserai plus tard, croise mes jambes en espérant que cela me passera... Il faut que je pense ailleurs...

En primaire, installé au premier rang, mon dos à découvert se faisait shooter par toutes sortes de boulettes et autres bouts de gomme en m'asseyant sur ma chaise. Je ne pourrais dire le nombre de fois où mes fesses se firent picorer par des punaises plus piquantes qu'une sauce harissa. Souffre-douleur, je n'avais pas vraiment d'alliés.

Les gags dont je fus victime firent rigoler les fillettes sadiques.

Elles étaient bon public, je ne leur jetterai pas la pierre mais, malgré elles, elles contribuèrent à alimenter l'effet boule de neige de l'imbécillité des garçons. Ils ruinèrent les capacités de mon cortex.

Lorsque la maîtresse nous questionnait, discipliné, je levais la main, mon doigt en l'air tentait de chatouiller les étoiles et déjà derrière moi je sentais que l'on ricanait,

non pas de ma probable réponse abstraite, mais de mon handicap, mon doigt...

mon pouce.

Ma paluche en l'air et ça fusait :

– E. T. maison...

À cet âge, rien ne vous épargne.

Avec le temps et les redoublements, je m'étais résigné, extraterrestre cela m'allait, du moins je le laissais croire à mes détracteurs qui avaient contre moi plus d'octaves à leurs cordes vocales. Bien sûr il m'arriva de me rebeller, alors ils me tartinaient les arcades de châtaignes.

Je n'avais qu'un souhait, me faire aussi petit qu'un Lilliputien. Sur les bancs de récré, je restais assis. Lorsque des boums ou des anniversaires étaient organisés par mes camarades de classe, leurs procréateurs leur interdisaient de me laisser franchir le seuil de leur porte. La raison invoquée : je devais être un agent double des cités-dortoirs.

Une fois les bougies d'anniversaire soufflées et le gâteau ingurgité, ils étaient persuadés que j'aurais effectué quelques repérages pour rencarder les cambrioleurs. Un amalgame de plus contre moi qui n'avais aucun contact dans la zone dite de non-droit. Car pour les lascars des cités insomniaques, je n'étais et ne suis qu'un bourgeois de l'enclos du Bois-Fleury. Aujourd'hui encore, ils me montrent du doigt, je suis le faux beur, la jet-set à abattre. Mes parents se sont sacrifiés pour s'offrir leur maison, jamais je ne culpabiliserai de ne pas avoir perdu mes dents de lait dans une barre HLM du ghetto made in France. Pourquoi tant de haine contre moi ? J'ai le cul entre deux chaises.

Côté pile : les parents d'élèves et les retraités

de la résidence me considèrent comme un sauvageon, avec lequel ils ne partagent que des sourires hypocrites.

Côté face : les jeunes des cités-dortoirs pensent que je suis l'héritier d'un nom à particule, un Jean-Charles Henri de la Mounirette qui n'a jamais eu à manquer de quoi que ce soit. Je suis pris entre les deux feux de la bêtise humaine alors que mon gilet pare-balles a résilié son contrat.

Je mets ma main à couper que si j'avais été une vedette de la Real TV je n'aurais jamais eu à endurer tant de maux, tant de malaise. Avec les touches de son combiné le public m'aurait dit qu'il m'aime.

En prime time, j'aurais fait bander l'audimat. J'aurais gagné tant d'argent que mes parents auraient pu goûter au plaisir d'une retraite anticipée.

Star du petit écran, les habitants du Bois-Fleury m'auraient aimé, je n'en ai aucun doute. Les jeunes des cités-dortoirs m'auraient pris pour exemple. Évidemment, j'aurais eu mes détracteurs qui en long en large et de travers m'auraient crié que j'étais l'Arabe de service, la bonne conscience du PAF. Mouais ! peut-être auraient-ils eu raison, mais mon désert affectif, eux, les bien-pensants, ne l'auront jamais rendu fleuri.

Qui vola à mon secours ? Lorsque, castagné d'une pluie de mandales, je faillis perdre mon dernier brin de souffle. Roué de coups dans la mêlée de la cour de récré, froissé, les yeux en apnée, couché à terre à moitié assommé, les lèvres ensanglantées, jamais je ne pleurais, je m'évadais grâce à mon imagination.

J'avais vu un mort à la télé, à lui je pensais lorsque je me faisais fracasser. Il était flamboyant sous les pixels de l'écran carré de notre salle à manger. Son visage était lumineux, son corps enrobé d'un linceul. Il grava sa poésie dans mon ADN. Sur la sensibilité de ma fleur de peau il posa une douce caresse. Son silence était une caisse de résonance qui enveloppait l'atmosphère.

Ses sens semblaient plus que jamais en éveil, serein pour le voyage du six pieds sous terre. Je voulais lui ressembler. Broyé par la meute, je m'imaginais que les injures étaient des louanges.

Je recevais les crachats gluants comme des larmes émouvantes. Les hématomes sur mon corps, des pétales de violette. Le chant du sifflet de la maîtresse interrompait le round du 10 contre 1, me ramenant à ma triste réalité.

Écorché, décoiffé, dégoulinant de mollards sur mon épiderme caramel, les coups de talon ne me firent jamais perdre mon dernier brin de souffle.

Le sang en ébullition, je me relevais en souriant à mes assaillants essoufflés.

J'étais l'attraction, celui qui ne chialait jamais. Tous voulaient toucher mon doigt ou me martyriser. Moi, je désirais rentrer à la maison et pleurer dans les bras de maman.

M'endormir dans ses jupons parfumés d'odeurs fruitées.

À force d'être poussé à bout, un jour je m'échappai de la cour de récré, je courus droit devant, ce fut là ma toute première fugue, j'avais 11 ans.

Elle me valut le privilège d'être analysé par un spy qui m'offrait des sucreries à la fin de chaque séance.

Ma grande évasion de la cour de récréation, un jour mémorable.

Une fois de plus, la bande du préau m'avait refait le portrait à coups de talon et comme toujours je ne perdis pas mon dernier brin de souffle, bien au contraire, j'allai prendre la poudre d'escampette, laissant sur leur starting-block mes assaillants autant que les maîtres et maîtresses.

Je courus si vite que même leurs coups de sifflet s'essoufflèrent avant d'atteindre mes oreilles. Ma détresse me fit tellement cavaler, Forrest Gump à côté de moi aurait fait pâle figure. Je trouvai refuge dans les entrailles de mon ami l'heureux RER. Transpirant, ahanant, tirant la langue au sens propre et défiguré, je posai mes fesses sur un strapontin à peine molletonné. Femmes et hommes avaient les visages éteints. Beaucoup se barricadaient les yeux derrière leur presse quotidienne ou se camouflaient derrière des casques de walkman. Certains assis, d'autres debout. Moi mes pieds touchaient à peine le plancher des vaches. Il y en avait qui mangeaient leurs ongles, envieux de ceux qui croquaient des sandwiches. Mon voisin de strapontin lui sur son GSM jouait au serpent qui se mord la queue.

Cet après-midi-là la chaleur avait fait céder les antitranspirants, la sueur coulait à flots sous tous les dessous de bras.

À l'intérieur du compartiment la mixture se composait de marrons, de noirs, de blancs, de roses et de jaunes. Une véritable arche de Noé. Toutes les 5 minutes le R déchargeait ses usagers et empochait une nouvelle fournée de reu-reuristes. (Les reu-reuristes sont les personnes dépendantes du RER.) Un biiip sonore annonçait la fermeture des portes.

Par moments le tchou-tchou me faisait rebondir de mon siège, pareil que sur les genoux de mon père. À travers les vitres défilaient des constructions en béton armé, des Lego assemblés sans chaleur humaine. Des blocs uniformes, des cubes sans code-barres, des cages à lapins aux caves tournantes, des cités-dortoirs aux couleurs soporifiques. L'épuisement de ma fugue me fit faire un bref som'.

Groggy, je me réveillai au terminus. À ma grande stupéfaction, je n'étais plus en France mais dans le monde libre d'Eurodisney.

Sur le quai, pour ne pas rester à découvert, je m'infiltrai au cœur d'un groupe de marmots de mon âge et de mon coloris. Ils étaient encadrés par des animateurs baba cool qui n'y virent que du feu. Noyé dans la meute, je passai tous les portiques de sécurité. On me colla autour du cou une accréditation, elle me permit de profiter de tous les manèges et aussi d'abuser de boissons gazeuses partenaires officiels de certaines guerres.

La fugue vécue ce jour-là, je la souhaite à tous les bambins de la Terre. Je pus faire des bisous à la Belle au bois dormant ainsi qu'à Cendrillon. Danser avec Daisy sans que Donald se fâche contre moi. Je conversai avec Peter Pan qui autant que Jafar me donna de judicieux conseils pour ne plus endurer les mauvais coups de la bande du préau.

Un chef indien me fit grimper sur son mustang.

Il me demanda mon prénom qu'il rebaptisa :

– Moon Air, souffle lunaire.

Il me souffla sur le visage la fumée de son calumet de la paix. Il me montra comment on fabrique un arc et un tomahawk. Sa peau rouge avait des rides si profondes qu'elles auraient pu noyer la mer.

Il me parla dans sa langue :

– HUGH !!!

Qu'il me dit.

Je lui renvoyai la politesse.

Il m'apprit la danse de la pluie pendant que des touristes le shootaient en panoramique. Sa femme, une Sioux, me peignit le visage avec une peinture sacrée et me fit don du baiser le plus doux jamais reçu dans ma vie. L'accréditation autour du cou me fit profiter des bonbons, des burgers et du Coca à profusion. La gourmandise est un vilain défaut car à force d'engloutir tout et n'importe quoi j'en payai le prix. En flagrant délit on me surprit gerbant sur la pelouse des Trois Petits Cochons.

Au QG on me demanda de décliner mon identité afin que mes accompagnateurs puissent venir me récupérer. À la suite d'une torture psychologique, j'avouai ma fugue.

Les Chippendales du service d'ordre me mirent en quarantaine. Mes parents sous haute tension vinrent me récupérer dans une pièce piteuse.

La prison des frères Dalton et des frères Rapetout réunis n'aurait pu être pire. Quelques jours après cette première fugue, mes procréateurs et mon école m'envoyèrent régulièrement rendre visite à un spy. Il retranscrivait sur papier toutes mes paroles, tous mes faits et gestes. Je devins vite son conteur préféré. Pour preuve, à la fin de chaque rendez-vous il m'offrait des bonbecs vraiment miam-miam.

Plus mon blah blah était barré et plus il m'affectionnait.

Le quai n'est animé par aucune animation, mon wagon reste vide et le soleil me réchauffe la cervelle. Entre mes jambes je sens mes testicules en surpression, je vais me faire dessus, ma vessie va éclater, penser à autre chose...

J'aurais tellement aimé que maman ne fasse jamais cette satanée fausse couche qui la ménopausa, me condamnant à demeurer fils unique pour le restant de ma vie.

– Toi, la sœur que je n'ai jamais eue, sais-tu si tu avais vécu ce que nous aurions fait ensemble?

L'unique souvenir qu'il nous reste d'elle, c'est le cliché d'une échographie. Mes parents lui avaient trouvé un joli prénom, Zina. Quatre mois durant le ventre ne s'arrêta pas de gonfler, se transformant en une dune caramélisée qui n'avait de cesse d'expédier des coups de pied. Maman avait des seins qui faisaient retomber mon père en enfance. Il les regardait comme un ultime dessein. Je le soupçonnais d'avoir butiné leur élixir.

J'en avais pour preuve qu'il avait pris de la bidoche alors que les seins de la mamma n'en finissaient pas de mûrir sans gruge ni effet d'optique.

Le ventre de maman était devenu ma toile. Les mains gorgées de peinture à l'huile d'olive, je le peignais. Mon ravalement la soulageait d'un massage qui souvent lui faisait des guilis. L'oreille collée sur son ventre, je m'endormais sur ce merveilleux polochon au contact duquel je rêvais à l'unisson avec elles.

Hélas, la mort huma le parfum de notre bonheur.

Un jour d'hiver mon père en larmes me récupéra chez ma nourrice. Il était en retard de quelques heures sur la tic-tac. Pendant le boutonnage de mon blouson il fuyait mon regard. Je n'avais pas les bras assez longs pour l'enlacer.

J'aurais aimé l'embrasser mais il m'enfila ma cagoule. Mon père était triste comme les plats d'épinards que l'on nous forçait à engloutir à la cantine. À la hâte nous nous rendîmes à l'hôpital. Là-bas, des seringues plantées aux veines, dans une chambre anéantie de merveilles, mère dormait plus profondément que dans un Walt Disney, ronflant presque.

Papa, les yeux rougis, me souleva avec une délicatesse pleine de tension. Plus les pieds sur terre. Maman en gros plan ne se réveilla point lorsque sur son front je déposai un bisou.

Père était attentif aux mots qui s'échappaient

de la bouche du médecin. Pour moi, son langage était un charabia pareil que ses gribouillis sur l'ordonnance fraîchement exécutée. Je mimais mon père, je croisais les jambes, ouvrais grand mes yeux et me mordis la langue pour tenter de déverser une larme comme daddy.

Sur le chemin du retour, il m'expliqua pourquoi ma mère ne rentrait pas avec nous à la maison. À trop travailler pour rembourser le crédit, elle avait fait geler la graine de rose plantée quatre mois auparavant dans son dedans. Plus besoin de me faire un dessin, je venais de perdre ma petite sœur. Mes larmes noyèrent mon nombril pendant mon sommeil.

Longtemps il m'aura fallu pour avaler la pilule. Pour la fête des mères, j'offris à maman un pot de terre cuite décoré avec les plus belles couleurs de ma planète, à l'intérieur de celui-ci, je plantai un bourgeon de rose. L'eau sucrée qui inonda la terre fertile ne fit jamais éclore une nouvelle petite sœur. Je venais d'être condamné à n'avoir que des Playmobil et des Big Jim avec qui partager mes joies et mes plaies.

Silence de plomb dans mon compartiment.

Zina aurait dû croquer sa dix-septième année. Elle aurait été belle, ma petite sœur, et n'aurait rien eu à envier à la potiche postichée sur le recto verso des panneaux publicitaires. Sa peau caramel, son regard vrai, ses cheveux noirs ondulés en pas de vis et les traits fins de son visage auraient eu du caractère, de la race. Sa féminité aurait mis sur orbite tous les bonobos de la race humaine.

Je ne sais pas comment j'aurais géré mon rôle de grand frère. Mon sang du Sud aurait forcément dégénéré vers l'autorité et la jalousie.

Pour un frère digne de ce nom, avoir une sister, belle ou moche, avec ou sans voile, stringuée ou pas, d'un bloc ou du sérail, il se doit de l'aimer.

Pour payer ses études universitaires, elle aurait sans doute travaillé dans un fast-food ou fait du baby-sitting. Ha ! ce qu'elles sont jolies les filles de mon pays et aussi très intelligentes. Grâce à son QI et sa soif de réussite, elle se serait parfaitement intégrée. Ma sœur aurait relevé le niveau de mon échec scolaire. Elle aurait été la fierté de notre casbah. Le blem', c'est qu'avec tant de diplômes comment aurait-elle fait pour trouver chaussure à son pied ?

Les hommes de ma communauté sont si peu à poursuivre leurs études qu'il est certain que ma sœur se serait retrouvée dans les bras d'un Gaulois mangeur de rhalouf. 132 ans de colonisation et de torture à la gégène pour en arriver là ?

Le cercle familial se serait strangulé autour d'elle dans l'espoir de lui faire recouvrer la raison. Un mariage mixte n'annonçant rien de bon sur le long terme, si ce n'est un divorce à l'amiable.

Elle n'en aura eu que faire. En un coup de reins, son Franc, même pas converti à l'islam, lui collera un bambin qui aura sans doute son prénom répertorié dans le calendrier des postiers ou des éboueurs. Je ne sais comment mes parents réagiront. Moi en surface anéanti. Mais dans mon for intérieur ma petite sœur par son audace et son courage sera héroïque. Par amour elle aura suivi ses inspirations, bravant les interdictions.

Je n'aurais eu qu'un souhait, qu'elle ne renie jamais ses origines car sans racines tout s'éteint.

Les entrailles du Reu-Reu sont restées silencieuses...

Lorsque, dans le ventre de maman, le cordon ombilical de Zina se rompit, la famille sombra. Ma nounou attristée par la détresse de mes parents leur proposa de me prendre en charge à temps plein et ce à moindre coût. Elle n'avait pas d'enfants. Maman lui fit la liste de mes plats préférés : légume, légume, légume... Elle lui remit également quelques bougies à faire flamber dans ma chambrée les soirs où mon sommeil serait agité.

Les bougies chasseuses de mauvais djinns n'eurent jamais à s'illuminer...

Pour cause : ma nounou possédait une potion magique, chaque soir dans le lobe du labyrinthe de mon oreille elle chuchotait des histoires féeriques qui me capotaient les paupières jusqu'à l'aube.

Jamais je n'eus autant de plaisir à me faire border. La présence de ma nounou était toujours accompagnée par un parfum qui enivrait même mes cellules mortes. Gisèle avait une trentaine d'années et moi à ses côtés je n'avais plus les pieds sur terre, je me sentais pousser des ailes. Dans son regard c'est mon cœur que je voyais battre.

Ma nounou aimait coiffer les bouclettes de ma tignasse. Du haut de mes trois pommes j'étais aux anges quand elle me déposait à la petite école... La taille de ses jambes était au-dessus de ma mesure, longues et symétriques à l'instar de deux faisceaux lumineux. Ma nounou occupe à jamais une place toute particulière dans mon semblant d'existence...

J'ai envie de laper une glace à la fraise et me rafraîchir le corps dans un océan polaire, j'ai chaud. Les sièges vides de mon RER n'ont pas de repartie, ils ne sont pas bavards, ils n'ont pas de répondant, ils ne sont pas de bonne compagnie.

J'ai le mal du silence quand d'autres auront le mal de mer. Il faut que je m'entende afin de ne pas disparaître.

Je ne comprends pas pourquoi je me dégoûte à ce point, exercice de style ou blessure ultime?

Si je suis fait de terre et d'eau, le mélange n'est pas homogène pour autant. Une flaque de gadoue qui se chie dessus. Autoportrait d'un jeune gars tout juste bon pour les mauvaises herbes.

J'ai en moi trop de peine récoltée pour une graine que je n'ai jamais plantée. Je reste un inconnu à l'intérieur même de mon être, ma nature est changeante. Je me ronge à petit feu. Je songe à jeter l'éponge, cesser ma quête qui aurait dû me rapprocher de moi. Mes 21 piges m'auront fait mûrir et je crains de n'avoir assez de patience.

Le temps ne me collera sans doute jamais une ride, car j'ai le sentiment d'être un éphémère touchant du bout du doigt sa destinée du six pieds sous terre.

Ma solitude, une armure en argent qui a fini par me rouiller les sentiments, je suis en manque du regard chaleureux d'une autre. Triste constat, mon arôme est celui de l'encre noire. Mes ailes m'ont été livrées sans le mode d'emploi. Je suis un silence qui me griffe l'épiderme.

Ma mère a dû m'accoucher dans une maternité construite avec le mortier d'un cimetière. Je crache sur mon ombre qui se nourrit de mes mollards comme l'arbre de sa sève. J'ai la couleur de l'hiver sans la légèreté du flocon. Une éternité que le vent ne m'a plus secoué, que les étoiles filantes ne m'ont plus salué. Mes larmes ne m'émeuvent même plus. Je suis devenu transparent. Si seulement Lourdes ou Mère Teresa pouvaient m'apporter un postillon qui me noierait dans une joie de vivre. Ma mélancolie m'a été injectée tel le septième ciel après une partie de jambes en l'air.

Heureusement que tout a une fin, que l'éternité ne m'aura pas choisi comme allié.

Ma solitude m'éprouve, m'asphyxie tout en me maintenant en vie. Je n'ai plus confiance en moi, je reste enraciné devant un péage.

Je n'ai plus la force de me battre pour convaincre que je suis là. Ma soif d'amour s'est transformée en faim de mordre un dû que je ne trouve pas. Ma barbe ne cesse de s'allonger et la sagesse en moi ne s'est pas manifestée pour autant. Je suis toc-toc comme frappadingue, me disent les blouses blanches.

Le Soleil tourne autour de la Terre mais ils ne se sont jamais tutoyés. J'ai peur dans le noir, pendant un court instant je laisse mes yeux s'éteindre, mes oculaires se décrochent et roulent dans mon dedans, passent dans ma gorge, coulent dans mon œsophage et enfin zooment dans mon ventre, me dévoilant ainsi un secret qui ne regarde que moi.

C'est un bébé qui dort, contrairement à moi, il ne donne jamais de coups de pied. Je ne le sens quasiment jamais. Il ne me ressemble pas plus que ça. Je pense que c'est une fille. Je ne sais comment elle a fait pour arriver là, si ça se trouve, je suis une femme et je ne le sais même pas.

Mon nombril n'a jamais cessé de saigner, alors je crois que c'est par ce chemin qu'elle s'échappera de mon moi. Son cœur bat plus vite que le mien, elle suce son pouce, elle est tellement belle, je ne m'use pas à la mater. Elle flotte.

Elle est lisse sur toute la surface de son corps. Tel un père je lui apprendrai à esquiver les hameçons et comme une mère je la rendrai perméable à l'amour et à toutes les autres bonnes vibrations, je ne cesserai de l'allaiter dans ce sens.

Mon free style est tellement poussé qu'il me trouble les oculaires. Parfois ma peau saigne comme on boit au goulot. J'aimerais être greffé sur le dos d'un feu d'artifice, devenir une star, éblouir la nuit durant son sommeil et que mon explosion décapite toutes les oreilles. Je souffre en silence, j'invente des maux, les soigne avec la piqûre de mon éloquence.

J'avale mes ongles de travers avec autant de maladresse que le souffle du mot je t'aime. Mes mots sont faits de nicotine qui me jaunit l'esprit.

Enfoui en moi il y a tellement de haine que je pourrais rendre l'amour stérile. Je ris, je pleure et je chie aussi du blah blah qui me fait du bien dans ma tête. La vie est un combat permanent, dommage que je sois resté bloqué sur la mauvaise fréquence. Les caresses ne me font plus vibrer, je ne plane plus, la vie m'a rendu terre à terre. Je me suis diminué à n'en avoir plus que la peau sur les os. J'étouffe à l'intérieur de ma ligne de conduite, trop rigide. L'éducation, la tradition, la culture et bien d'autres points de suture m'auront mis le cul sur une chaise qui ne supporte plus mon derrière. En finir de saigner à l'intérieur de mon souffle. Je ne sais ce que me réserve la vie mais je rêve de la prendre à contre-pied, trop orgueilleuse, sûre d'elle, cette salope mouille juste à l'idée de m'en faire baver.

Si mon congélateur avait été plus grand, je m'y serais plongé pour n'en sortir que la veille de la fin du monde. En attendant le big-bang bis, je trie mes bonnes et mauvaises actions pour ma plaidoirie du jour du jugement dernier.

J'ai tellement maudit le don de ma vie qu'une bribe de bonheur me fait choper des allergies. Je suis un marécage sans âge formé de millions de larmes, fruit des défaites affectives.

Pas à pas je fermente, la boue me camoufle. Je me suis suffisamment pleuré pour que d'autres le fassent à ma place. Je ne suis pas égoïste mais simplement un impair qui n'aura pas trouvé son duo. Je tourne en rond sur moi-même. Vivement que je me fasse la paix. J'ai gaspillé tous mes cris et la porte est restée close.

Personne pour m'entendre, me consoler. Mes mots surfent de la pluie au beau temps. L'heure coule et s'écoule à la vitesse d'une turbine et mon RER n'a toujours pas démarré. Dis-moi qui tu hantes et je te dirai qui tuer. Dis-moi qui tu fréquentes, je te dirai qui shooter. Le silence est une grande gueule qui sait se taire.

Pourquoi la vie ? La mort m'a-t-elle vraiment fait mal ?

« Mesdames et messieurs, c'est le conducteur qui vous parle, suite à une anomalie sur la ligne A, le RER de 14 h 10 en direction de Paris aura un léger retard de 15 minutes environ, veuillez nous excuser pour la gêne occasionnée... »

Blah blah blah patati patata etc. etc. C'est toujours pareil, soit des grèves-surprises ou des pannes en cadeau. Je vais arriver en retard à mon rendez-vous.

Ma vessie va éclater, je ne vais pas pouvoir contenir mon envie oppressante, mon pipi fait le forcing.

Je m'exit de mon wagon et cours à toute allure vers la première corbeille. Mon arrêt est net grâce à la gomme de mes sandalettes.

À l'aide d'un discret 360 degrés, je zieute les environs.

RAS, alors je n'hésite pas une seconde, je plonge ma main dans le bide de la corbeille et en ressors une bouteille vidée de ses 33 centilitres.

Regagne ma place en sueur, toujours personne dans mon compartiment et c'est tant mieux. Je sors mon rikiki qui aussitôt déverse ses extraits naturels. Soulagement extrême qui me fait lâcher une larme.

Ni vu ni connu j't'embrouille, je réexpédie la canette dans sa corbeille débordante d'odeurs malveillantes. Les doigts de pied plus que jamais en éventail, je prends mon mal en patience, patiente. La lumière de l'été est vraiment belle.

Le soleil puissant me fait froncer les sourcils. L'ombre est absente comme les droits de l'homme chez Belzébuth. Mes ongles vont finir par bronzer. Je suis un hammam, un volcan, une cascade d'oligo-éléments. De chacun de mes pores la sueur coule puis s'évapore avant même de pouvoir toucher le sol. Pour rester zen, je compte les milliards de cailloux concassés, disposés le long de la voie de chemin de fer. Les pierres ne sont pas précieuses mais elles sont suffisamment nombreuses pour que je puisse confectionner une parure à la dimension du mont Everest. Pas de jeu virtuel dans mon cellulaire alors je m'amuse à changer mon message d'accueil, c'est bien plus fun que de jouer au puzzle avec des silex.

Salut, c'est Mounir et ouais c'est moi. Je ne suis pas disponible pour le moment ça arrive même aux meilleurs. Après le bip sonore incrustez votre message sur la bande d'arrêt d'urgence. Je vous rappellerai tout de suite...

One take pourquoi faire compliqué lorsque l'on peut faire sobre. Malheureusement je me dois d'être honnête, jamais personne ne m'appelle ou ne me laisse une douceur sur ma messagerie.

Je rage. Aucun ami ne me demande :

Où je suis...

Ou bien :

– Salut Mounir, on fait une bouffe ce soir, on adorerait te voir...

Ou alors :

– Mounir, on aimerait bien que tu arroses nos plantes et que tu donnes à manger à notre poisson-chat qui ne part pas en vacances avec nous. On t'embrasse, les clefs sont sous le paillasson.

J'ai toujours été en manque d'amis, en manque d'écoute.

Pour tenter de conjurer le sort, je m'initiai à l'Internet. Par le biais de cette technologie moderne, avec un certain doigté, je pus chater en direct avec des cyberfemmes. Je pris goût à la construction de mon personnage de séducteur virtuel :

– The Moon Air.

Ma signature sur le net et sur les briquettes des barbecues.

Je surfais de longues heures sur les 15 pouces de mon écran. Je m'inventais une toute nouvelle vie, loin de mes tracas et du tchou-tchou de mon petit train-train quotidien. Je tapotais les touches du clavier qui inscrivaient mes pensées. Aussitôt une internaute du fin fond du monde ou du trottoir d'à côté m'illuminait avec les caractères de sa police. J'étais devenu un accro, je pouvais rester connecté des journées entières dans la planète de l'Internet.

Les factures à la fin du mois furent tellement salées que je dus faire des heures supplémentaires au salon de coiffure.

Je n'avais pas le choix, je ne voulais pas me faire sucrer ma connexion. Je n'aurais pu croire que devenir un addict du net soit dangereux. À force de shooter l'écran de phrases toutes faites, le 15 pouces m'en fit baver à sa manière.

Secoué par une crise d'épilepsie...

Je faillis avaler ma langue après l'avoir tranchée sévèrement.

Le boucan de mes convulsions alerta mes parents. Les premiers secours me sortirent de cette péripétie. Cet incident mit fin à ma navigation sur le net. Ma langue meurtrie mit du temps à s'en remettre, elle zozota quelques semaines, heureusement ce ne fut qu'un handicap passager.

À l'hôpital on me fit le topo : cette soudaine crise d'épilepsie s'expliquait par les séquelles du traumatisme crânien subi lors d'un plongeon mal négocié entre le poteau et la lucarne de notre balançoire. Mon cerveau ce jour-là avait bugué, me grillant quelques synapses au passage.

Ainsi prirent fin mes relations platoniques avec les cyberfemmes. J'en ai bavé pour m'en remettre mais je n'avais pas dit mon dernier mot. J'étais lancé, mon espoir de faire des rencontres féminines ne s'était pas amenuisé, bien au contraire. Mon cellulaire prit le relais. Muni d'une paire de jumelles, je scrutais l'unique cabine téléphonique plantée à la sortie de la gare. Dès qu'une gazelle se pointait, je composais le number de la cabine, je le connaissais par cœur. Intriguée, la fée-melle décrochait.

Un magnéto calé sur l'écouteur de mon GSM, j'enregistrais l'écho de son simple :

– Allô !

J'étais devenu un pêcheur qui grâce à un appât sonore capturait sur sa ligne de la chaleur féminine. Le soir venu, je m'endormais avec ces éclats de mille et une voix. Ce petit jeu devint vite lassant et plus onéreux que le net. Pour payer mes factures, je squattais de plus belle le salon de coiffure du cousin germain. À ses yeux, mes heures supplémentaires étaient considérées comme une sorte de racket. Mais il ne la ramenait pas trop. Il devait s'acquitter d'une dette, sa faute professionnelle, son étourderie, se gourer d'outil de cérémonie... Confondre les ciseaux pour le zizi avec le coupe-tifs...

No comment.

Au salon, j'excelle dans le balayage. Pratique de temps à autre les shampooings, m'exerce en teinture au henné sur les peaux des bêes, nettoie les glaces, lave les peignoirs. J'aurais aimé être ambidextre car avec une phalange en moins à mon pouce droit je ne peux faire chantonner les ciseaux. Je suis donc cantonné aux corvées.

Les ciseaux, si je dois les manipuler c'est en fin de journée, je les baigne dans un stérilisant moussant. La paire qui me cashérisa la teube ne rechigne pas contre ce type de nettoyage. Tranchante, elle n'a pas perdu un carat sur sa dorure.

Le cousin germain dans son salon pour hommes travaille à l'ancienne, pas question qu'une tondeuse fasse vibrer son moteur à l'intérieur de son sanctuaire. Dommage, cela m'aurait permis de m'exprimer avec autre chose qu'une serpillière. Le cousin tient à son salon de coiffure plus qu'à la prunelle de ses yeux. Il a de quoi être fier de lui.

Il a débarqué en France à l'époque des guinguettes, des ratonnades et des bidonvilles. Outillé de sa bite et de ses ciseaux. Ne sachant ni lire ni écrire. Il a créé sa petite entreprise.

Tant qu'il y aura du cheveu qui frise, il ne connaîtra pas la crise.

Malgré son âge avancé, il est tout jeune marié. Au pays, l'été dernier, il est parti faire son casting chez des Bédouins. Il a récolté une perle rare, la belle Yasmina. À ce jour, je ne l'ai vue qu'à travers quelques clichés noir et blanc.

Le rapatriement familial n'a pas encore été accordé, ça ne devrait plus tarder. Contre une poignée de devises et beaucoup de patience, le cousin germain me certifie que moi aussi, je pourrais m'enrichir d'une princesse du désert. Un temps je pris très au sérieux cette proposition. Il disposait d'un carnet d'adresses conséquent dans lequel les gazelles étaient toutes plus belles les unes que les autres.

Qu'à 21 ans je me marie sur un coup de tête avec une fatma du bled, mes parents n'y voyaient aucun mal. Néanmoins, ils me rappelèrent pour ma gouverne que je n'avais pas vraiment de situation stable.

N'empêche qu'à demi-mot maman me poussait à franchir le cap. Elle se réjouissait de me savoir avec une fille du pays car la miss aurait été une femme d'intérieur, une pratiquante qui m'aurait rapproché de mes origines, et surtout elle aurait été vierge, à l'inverse des filles d'aujourd'hui.

Papa fut moins enthousiaste, d'après lui je n'avais rien à faire aux côtés d'une bergère. Il me conseilla sagement d'attendre mon heure, d'attendre l'amour et de ne pas suivre l'exemple du cousin germain.

Pour lui, ce qui permettait à un couple de perdurer c'était la communication. Père n'avait pas tort de surligner ce détail, qui n'en était pas un. Je ne savais pas parler l'arabe, comment j'aurais fait avec ma Bédouine ?

Papa alla même plus loin dans son argumentation, la fatma me sucera mon blé et une fois sa carte de séjour obtenue…

Elle divorcera pour trouver homme plus fortuné.

À la suite de cette réunion au sommet, j'abandonnai mon envie de me passer la bague au doigt. Mère fit quelques mauvaises scènes de ménage à père qui me retira la corde du cou.

Maman en secret se voyait déjà devenir grand-mère. Gâtant le fruit de mes entrailles, elle qui trop jeune dut faire le deuil d'enfanter.

Le R, le Reu-Reu, mon RER n'a toujours pas démarré. Le tchou-tchou du petit train tarde à retentir dans mes oreilles. Des racines vont finir par lui pousser entre les rails. J'ai beau me ronger les ongles jusqu'au sang, cela ne le fait pas avancer d'un pouce. Il doit y avoir une panne d'électricité. Mon spy va me faire culpabiliser sur mon manque de ponctualité. J'aurai beau lui raconter la soudaine pénurie de voltage sur le réseau, il me demandera de ne pas le mener en bateau.

Ma patience a des limites. Les 15 minutes de retard annoncées sur l'heure initiale semblent durer une vie entière. Mes glandes surrénales sont mises à rude épreuve, je transpire et la vapeur qui s'échappe de mon corps enduit les vitres de buée. Ainsi va l'été, il nous fait fondre à petit feu et fait crever nos petits vieux…

Une aubaine qu'un rien m'habille, un marcel, une paire de sandalettes sans sponsor et un bermuda exhibant d'athlétiques guiboles. Mes jambes sont ma grande fierté. Avec elles et leurs puissants quadriceps, j'ai connu mon heure de gloire. Dans les buts de hand, j'interceptais les tirs smashés. J'ai même été capitaine. J'ai découvert le handball au lycée. En cour d'éducation physique jamais personne ne voulait gagner les buts. Moi on m'y força et ce malgré mon morceau de phalange raboté. À la surprise générale, je ne m'en sortis pas trop mal. Mon prof fut bluffé par ma détente et mon assise. À l'intérieur de ma cage, j'étais félin. Il me proposa donc d'intégrer l'équipe du lycée.

J'en fus honoré, à 15 ans c'était bien la première

fois que l'on me trouvait une qualité. Gardien, cela m'allait bien. L'esprit d'équipe me convenait.

Jusqu'au jour où, pour des raisons hygiéniques, la douche devint obligatoire. Pudique et sans doute complexé par la petitesse de mon sexe, j'abandonnai mes cages. Je continuai mes prouesses dans mon jardin...

Les parents doivent être rentrés du marché, j'espère que leur journée de taf aura été bénéfique en pépètes. Maman sur le marché a décroché le premier rôle.

Elle balance plus de répliques que le padré qui depuis son cancer a beaucoup moins de répondant, ses cordes vocales ont raccroché les gants. La nicotine et le goudron ne lui firent pas de cadeau. L'abus de cigarettes est nocif pour la santé, c'était inscrit sur les paquets, il ne peut s'en prendre qu'à lui-même. Maman le lui avait bien dit que les glaires sanguinolentes au réveil n'annonçaient rien qui vaille. Ma bohème de mère ne put rien contre la passion de la Gitane.

D'après le cancérologue qui l'ausculta, la tumeur était bénigne mais l'opération s'imposait. Avec son nouveau régime alimentaire et sa trêve de cigarettes, il a repris du poil de la bête. Papa fut hospitalisé dans un hosto situé à Bab-el-Oued-les-Oies. Durant sa période de convalescence maman et moi lui rendions visite tous les week-ends. Le trajet était particulièrement éprouvant :

RER-tramway-bus-BM double-pied..

La chimiothérapie avait rendu père plus chauve qu'un bouddha.

Le soir venu, avec maman, nous passions la nuit dans un hôtel bon marché, un Formule 1. Tout deux dans la même chambre, raison économique oblige, nous nous racontions des histoires d'antan. Maman bercée par mes syllabes s'en allait vite fait bien fait dans les bras de Morphée. Toujours fidèle à moi-même, je ne trouvais point le chemin du sommeil. J'allumais donc la TV, son volume en sourdine je la mirais.

Au lieu de rester scotché sur Histoire Naturelle, Très Très Chasse ou Très Très Pêche, j'optais pour le Boulevard des Clips. À la palombe et aux thons, je préférais les gazelles gesticulant sur des beats provocants.

Maman parlait pendant son dodo.

De sa bouche s'échappait :

– Oui, elles sont juteuses mes cerises, non les avocats c'est plus la saison, je n'ai plus de monnaie. C'est bon, c'est frais...

Les danseuses des clips musicaux étaient sublimes. En plein dans l'âge de la puberté, je fus pris de vitesse par mes émotions, un début d'érection.

Ce soir-là, honte à moi d'avoir bandé dans le même lit que celui de ma maman.

J'éteignis la télé et mon pire souvenir resurgit de son profond abîme.

Réminiscence d'un traumatisme qui à l'âge de 5 ans et demi me fit voir mes procréateurs sous un autre angle. Cela se passa quelques mois avant que maman perde Zina.

De ma chambre d'enfant j'entendis des gémissements puis des cris s'échappant de leur piaule.

Il était tellement tard que les aiguilles de la tic-tac s'étaient mis des boules-caisses afin de pouvoir s'endormir à l'abri du brouhaha proféré par la trotteuse. La porte de leur chambre avait dû être entrouverte par les cris se bousculant pour sortir prendre l'air. Même le trou de la serrure qui avait l'habitude d'espionner leur intimité se mutila son œil de Judas pour ne pas être le témoin de ce spectacle. L'unique source lumineuse provenait de la lampe de chevet empaquetée par l'un des foulards de ma mère.

Les kilojoules filtraient, l'ambiance y était donc tamisée à leur souhait. Nus, ils étaient tels des animaux. Lui sur elle, puis elle sur lui. Leur sueur bouillonnante et luisante se fracassait sur les draps. Leurs soupirs faisaient larsen dans ma tête, son zizi s'introduisait dans les entrailles de ma mère qui n'avait plus toute sa raison. Je les confondais. Ils étaient comme un seul. Le zizi n'en finissait pas de s'agrandir et s'engouffrer dans la cachette de Sarâma. Une cigarette au bec, leurs ombres assistaient à ce pugilat.

Lorsque le zizi fut ancré, il y eut un silence provenant des astres. Ils étaient au-dessus de l'apesanteur. Zizi n'avait cessé de se frotter, s'abraser entre les jambes de ma mère. Puis, sans annoncer le moindre compte à rebours, le sexe de papa se crasha sur le site de son amerrissage, y propulsant tant de neige que le père Noël se serait mis en intempérie. Longtemps dans ma tête de marmot je crus que la perte de ma sœur Zina en incombait à mon père et à sa verge qui à la suite d'une éjaculation la fit mourir de froid.

BIIIIIIIIIIIIIIIIIIIIIIIIIIIIIIIIIIIIIIIIIIIIP!!!

« Départ imminent, attention à la fermeture des portes... »

Enfin le tchou! tchou! du petit train retentit à mes oreilles. Mon cerveau peut désormais se mettre au vert. Une chance que le neuroleptique avalé tantôt le caresse dans le sens du poil, lui évitant la crise. Une fois arrivé à Paname, il faudra que je presse la cadence.

J'ai les mains moites et tant bien que mal j'essaie d'interrompre leur mouille en les frottant sur le 100 % coton de mon bermuda. Les rails grincent. Je suis rafraîchi par l'air qui s'engouffre dans la rame du Reu-Reu. Dans moins d'une petite heure, mon spy avalera mes paroles.

Seul dans les viscères de mon R, je pourrais mourir une seconde fois sans que personne s'en aperçoive, s'en émeuve. L'espace d'un trajet, dois-je m'en souvenir ?

À 19 ans tout juste soufflés, sans bluff ni trucage, j'ai été mort pour de vrai. Il y eut peu de pleurs autour de moi. Paix à mon âme pour laquelle je déverse une larme. Les vitres fumées du RER me reflètent suffisamment le visage pour me rendre conteur et auditeur de ma propre fin.

9, 8, 7, 6, 5, 4, 3, 2, 1 et c'est parti...

Je me décharge d'une vérité qu'il ne faudrait pas crier sur les toits.

Hum ! Hum ! C'est avec la gorge nouée que j'ouvre les guillemets d'une vie défunte.

C'était tard le soir, un mois d'hiver. Maman et papa dormaient à poings fermés. Sans bruit je m'étais échappé de ma chambre afin de me rendre à un rendez-vous galant, mais avant... Avec plus de feeling qu'Arsène Lupin, je subtilisai les clefs de l'auto de mon père. Une fois ma mission terminée, elle aurait dû regagner sa place. Je n'avais pas mon permis de conduire, passible d'une sanction, je ne le savais que trop bien.

Mais, à 19 ans, que ne ferait-on pas par amour ?

Avant d'enclencher le contact je n'omis de déposer un baiser de dévotion sur le front du saint Christophe pin'sé sur le tableau de bord.

Vroum, Vroum.

Sur la route, la nuit n'avait pas encore enclenché ses lampadaires qui aiment tant lécher le parterre. Installée à la place du mort mon ombre était à son aise. La neige tombée, j'avais l'impression de surfer sur le plumage d'une colombe.

Les flocons étaient denses, chacun de leurs impacts faisait vibrer le pare-brise... Prudent, roulant depuis déjà une bonne heure en direction d'un heureux rendez-vous, j'avais en moi tous les symptômes de la bonne humeur. J'allais retrouver une femme, rue du Manoir à Pétaouchnock. Je m'y rendais pour la première fois, malheureusement pas de GPS dans le cockpit pour me faciliter la tâche. L'autoroute était fluide, le compteur ne faisait aucun excès de zèle. Les ondes de la fréquence radio étaient sous l'emprise d'un énième tube made in TV. Si la voiture avait été plus rapide peut-être serais-je déjà arrivé. De temps à autre je palpais le cœur d'une enveloppe grâce à laquelle ma fête devait être plus folle. Mon argent je l'avais gagné à la sueur d'un front, le mien.

J'étais sur mon 31... Pantalon en lin offert par d'anciennes économies. Mes chaussures lustrées n'étaient plus en rodage. Mon pull-over bleu était en laine ordinaire. Rasé de près, j'étais classe.

La saison hivernale avait collé la grise mine aux arbres. Le vent frisquet n'en finissait pas de faire tourbillonner leur feuillage. L'asphalte était revêtu d'un costume roux propice au dérapage, les pneus adhéraient tant bien que mal sur cette patinoire à la chevelure rouquine. La ceinture de sécurité avait cliqué depuis l'instant du démarrage. Elle me compressait les tripes.

Pas de risque de panne, le réservoir avait été lesté d'un super sans plomb.

J'enclenchai les phares car la nuit d'un coup s'était affaissée sur le décor. De la buée s'était plaquée sur les 360 degrés de vitrage de mon vaisseau. Impossible de descendre les vitres, le système électrique était grillé.

La visibilité était donc assurée par ma tâche, toutes les 10 minutes environ je passais un coup de chiffon sur le pare-brise, ainsi j'y voyais plus clair.

Plus je roulais et moins je captais les stations FM, à croire que je pénétrais dans une sorte de 5e dimension.

Le fil de l'horizon s'était détaché pour se recroqueviller sur lui-même, c'est dire s'il gelait. Je suçais une vitamine C qui aromatisait mon palais. La nuit allait être longue et chargée de rebondissements. Pas question de solliciter l'aide d'une doublure pour effectuer mes cascades. J'étais affûté, physiquement et mentalement.

Les essuie-glaces n'en finissaient plus de polir la rétine du pare-brise. Les collines nappées de flocons semblaient s'être muées en icebergs. Je flottais sur une autoroute inondée par la fonte des neiges. Les pneus à peine palmés craignaient l'aquaplaning. Plus de 50 kilomètres avaient déjà été grignotés sur le tracé de mon étape, je n'étais plus qu'à quelques coups de pédale de ma destination finale. J'avais les fesses en compote et des fourmis dans les jambes, mon sang avait du mal à circuler. De temps à autre les pleins phares de l'auto capturaient le regard des bestioles de la nature, leurs yeux brillaient tels des éclats de diamant en suspens. Lapin à la queue magique ou chouette au chant maléfique. Le saint Christophe devait me préserver de toute riposte négative du destin.

Les étoiles au-dessus de ma tête semblaient snober les lampadaires qui peinaient à faire monter leur sève chargée d'ampères. La radio avait été mise en sourdine. Je fixais tant bien que mal un tiret d'horizon et restais attentif à la route. Un peu d'huile de coude et la buée était chassée.

La voiture n'en finissait pas de vroum-vroumer. J'avais tellement d'énergie emmagasinée, si j'avais hurlé, la voiture se serait métamorphosée en décapotable.

Comme un gladiateur avant d'entrer dans l'arène, je me répétais tous les enchaînements perfectionnés dans ma chambre.

Mon sparing de polochon avait ramassé toutes sortes de coups bas qui je l'espérais n'avaient pas été expédiés en vain. Les corps à corps de ma lutte devaient se conclure au petit matin. Le radiateur ne fonctionnait qu'au niveau du plancher, il n'en finissait plus de me gonfler les pieds. Les coutures de mes godillots allaient finir par rendre l'âme.

Après avoir payé l'impôt de la barrière, je giclai enfin de l'autoroute. Les lampadaires m'avaient salué une dernière fois.

Je suivais le panneau : « Toutes autres directions ».

La nuit silencieuse et mystérieuse était ma complice. Elle me dévorait dans le noir et me vomissait entre deux bribes de luminosité.

Le vent à force d'acharnement réussissait à pénétrer dans l'auto, sa présence était trahie par son sifflement. Les joints des portières usagées jouaient les rossignols. La météo était grise, indélébile comme la morsure d'un piercing. L'auto avançait à la vitesse d'un corbillard. Le filet d'air frais qui s'infiltrait dans le vieil intérieur cuir avait du bon, il chassait la buée, m'évitant d'avoir les mains imprégnées d'une odeur qui aurait pu froisser l'odorat délicat de ma belle. Au-dessus de ma tête, la lune était pleine de bonne attention. Elle chamboulait mon myocarde.

Le décompte venait de s'enclencher, plus que 5 kilomètres, un panneau me l'avait signalé. Je tremblais à l'idée de ne pas être performant. J'avais le trac si puissant. Plus possible de faire machine arrière. Pour retrouver mon souffle, je décliquai ma ceinture de sécurité.

Durant la traversée d'une sorte de village fantôme le vroum-vroum de l'auto ne fut ralenti par aucun feu rouge et les stops me relançaient plus fort. Dans ma tête le combat avait commencé, ne pas lâcher ma prise, lui faire du bouche-à-bouche. La mettre KO. Les quatre pattes en l'air, lui faire toucher le septième ciel.

19 ans, c'était mon âge brut de décoffrage et toujours vierge. Il me fallait conjurer ce maléfice.

Mes mains ne devaient pas être mes seules armes.

Les morsures autorisées sur toutes les parties de son corps étaient susceptibles de me stimuler. Je ne le savais que trop bien, la fille de joie en grande professionnelle allait simuler l'orgasme.

J'entamai les paliers de rétrogradage. La neige ne cessait de tomber. Les phares ne dévoraient que du blanc sur leur passage. L'auto n'était plus qu'une grosse boule de neige qui se démêlait tant bien que mal à ne pas doubler de volume. Les pneus croquaient la poudreuse comme un bambin dévore du Galak.

Sur le tatami de mon exhibition, j'userais de toutes les positions, abuserais même de la levrette pour obtenir mon ippon.

Ce soir devait être ma consécration, devenir un homme.

La peur au ventre, j'étais le vertige dans toute sa démesure. Affronter son regard, ne pas lui laisser le temps de lire ma fragilité. Faire le premier pas, puis laisser couler l'engrenage. Sortir winner de cette confrontation était vital. Le télescopage de nos deux masses, un crachat sur la vertu et ses sermons.

Hourra !!! Après quelques fausses pistes, une rue dite du Manoir se dévoila. J'avais l'instinct d'un GPS.

Des deux côtés de la rue, il y avait des maisons anciennes, taillées dans la meulière. La route était en sens unique, étroite. Pris d'un soudain torticolis, je scrutai ma gauche à la recherche de mon impair de numéro.

Les ampoules suspendues au-dessus de ma tête me souhaitaient un joyeux Noël ainsi que d'heureuses fêtes. Tous les volets étaient clos. Je me serais presque cru dans un western. Un chat traversa en dehors des clous.

Le miaou échappa de peu à la morsure de mes pneus caoutchouteux. C'était le jour du vide-greniers. Les trottoirs débordaient d'objets en tout genre, du réfrigérateur cabossé au sommier carbonisé recouvert d'un duvet enneigé. La croix verte de la pharmacie clignotait de l'œil en direction de l'église qui croix de bois croix de fer n'était pas illuminée par ses appels. Les cadrans solaires étaient en veille, je n'avais donc aucune idée de l'heure qu'il pouvait bien être.

Du croissant au décroissant j'arrivai au niveau du 129, rue du Manoir. Les jantes effleurèrent le trottoir. La rue était déserte, seul le vent s'improvisait piéton. La neige semblait rebondir sur le pavé et s'en retourner au ciel. La voiture ronronnait. Mon cœur battait la chamade. J'épongeai mes mains moites contre mon visage. Je coupai le contact. Je fis mes lacets avec l'application d'un enfant voulant épater ses parents, j'étais fier de mes jolies boucles. Pas de système d'alarme à actionner, je bloquai le neyman.

La tuture sur off étouffa son vroum-vroumage. Je sortis, claquant la porte, et me dirigeai vers mon objectif. Plus possible de faire machine arrière pour vérifier si le coffre avait bien été verrouillé ou si le frein à main...

Mon doigt était déjà en train de puncher la sonnerie.

– Driiiing!!!

À ce moment précis j'arrêtai de penser et respirer.

Une voix s'échappa aussitôt de l'Interphone :

– C'est toi...

J'acquiesçai de la tête, il n'y avait que moi pour le savoir, alors la voix robotique me renvoya sa réplique :

– C'est toi ?

Émoi, je répondis avec mon « Oui » le plus maladroit.

– Oui...

Robotique voix :

– Deuxième étage paillasson jaune.

Les deux étages furent avalés avec souplesse.

J'essuyai mes pieds sur le paillasson qui m'accueillit avec un joyeux :

« Welcome ».

Je tok-to-kê, je tok-to-kê encore.

– C'est ouvert, je suis dans la salle de bains. Tu es en retard.

J'ôtai mes chaussures, cela s'imposait à l'intérieur de ce temple.

– Mets-toi à l'aise, tu peux allumer la télé, le frigidaire est gorgé si tu as faim. Je suis à toi dans une seconde.

Sa voix me fit frisotter. J'appuyai sur la télécommande. Sur l'écran gigotait autant de neige qu'il en tombait à l'extérieur.

Une demi-heure plus tard.

Elle, la femme, était devant moi, belle à me mettre en appétit jusqu'au prochain service.

– Comment me trouves-tu ?

Moi : Vous êtes sublime au présent et au pluriel...

Elle : Merci, mon minou.

Minou, Pikatchou et tous les autres félins de la terre pour elle.

– Tu me suis ou tu restes planté là ? Ça va très bien se passer. Tu m'appelles Gigi. On ne fait pas de manières, tu évites de me dire vous, ça me donnerait l'impression d'être ta mère. En parlant du loup, comment elle va ta mère ?

– Elle dormait.

Gigi :

– Elle sait que tu es venu voir la puuute ? (Rire.) Mets-toi à l'aise, ce soir ici c'est chez toi.

Sa chambre était tapissée d'anges armés d'arcs aux flèches affûtées. De valeureux cupidons. J'étais assis sur le bord du lit, faussement décontracté. Mon regard balayait tous les coins et recoins de la pièce, avant de stopper net sur...

Un aquarium spacieux divisé en deux. Dans l'une des parties du bocal des poissons rouges se chamaillaient. Dans l'autre hémisphère, un colocataire plus coriace les reniflait sans relâche.

Un téméraire piranha observant son garde-manger avec un appétit de chat. Il avait plus de dents qu'un piano n'a de notes. Ses mâchoires étaient musclées et ses canines aiguisées à faire pâlir de peur une Gillette.

Le mode d'emploi du piranha était scotché sur la paroi de l'aquarium, il y avait même sa fiche signalétique, c'était un import d'Amazonie, le poumon de l'humanité.

Gigi, remarquant mon intérêt vis-à-vis du vertébré aquatique :

– Tu peux lui donner à manger si tu veux, moi ça me dégoûte. Je dépanne un client.

Avec une épuisette je saisis le plus gros des poissons rouges et l'expédiai dans le territoire du nettoyeur. Rien ne s'y passa, le piranha ne se jeta pas sur sa proie, il me fixait, il devait avoir l'estomac plus gros que ses globuleux.

Gigi, me sortant de ma BA :

– Cousteau, tu pourrais me retirer les boutons de ma chemisette ! Les poissons sont assez grands pour savoir ce qu'ils ont à faire. Et je pense qu'il serait peut-être temps que l'on prélimine, si tu vois ce que je veux dire.

Sa voix me mit en appétit.

Elle n'avait pas tort, je n'étais pas venu jusqu'ici pour jouer au martin-pêcheur.

Elle était vêtue d'une jupe moulante un peu plus longue que mini. Ses bas noirs en soie étaient aussi transparents que sa chemisette. Elle ne portait pas de soutien-gorge. Ses tétons avec une cruelle détermination me pointaient du doigt. Prudent, gentleman, je ne voulais pas faire frire sa chair tendre au contact de ma peau qui avait franchi trop rapidement le palier des Celsius. J'étais brûlant. J'étais volcan. Elle me fixait, du moins je l'imaginais. Je n'avais pas le courage de croiser l'étincelle de son regard. Au fur et à mesure que les boutons de sa chemisette sautaient, sa peau pâle se dévoilait à moi. Je n'arrivais plus à avaler ma salive.

Ses mamelons étaient plus roses que des tranches de jambon. Son corps était vivant, son ventre m'approchait puis me fuyait selon ses inspirations ou expirations.

À côté d'elle, j'étais devenu si minuscule que son nombril aurait pu m'aspirer s'il l'avait désiré. Gigi avec la délicatesse d'un démineur me prit le visage et me dit :

– Embrasse-moi.

J'étais debout, raide, mes articulations s'étaient calcifiées. Sa chemisette voguait sur la moquette. Ma bouche était plus scellée que le yin et le yang, alors elle me glissa sa langue entre les lèvres. Son haleine avait le goût de mes larmes de joie.

J'avais les yeux clos. À l'intérieur de mon être chacune de mes cellules s'était improvisée en paillette de diamant. Son baiser était une bénédiction mille fois magique. Je n'osais regarder, ses yeux, ses seins.

N'osais mirer son fruit défendu. Sa bouche me patinait. Son rouge à lèvres était sa peinture de love et non de guerre. J'entendais mon corps brûler ses calories, je carbonisais dans un feu jubilatoire.

J'allais enfin pratiquer l'amour.

– Tu sens bon…

Qu'elle me murmura, sensuelle.

Bien sûr elle jouait son rôle à merveille, je n'étais pas dupe.

Moi, ardent : Merci.

Elle me fit plonger sur son lit. La lumière était d'un vif d'enfer. Elle n'eut pas besoin d'étriers pour me chevaucher. En un clin d'œil ma poitrine m'apparut. Mon pull-over bleu et mon marcel s'en étaient allés valdinguer je ne sais où.

Mon torse était torpillé par des baisers torrides. Tout allait si vite, j'en perdais pied. J'étais en nage, comme si l'été s'était réfugié en moi.

Plus elle se dirigeait vers mon épicentre, plus mon cœur résonnait du tonnerre. J'étais devenu l'apocalypse.

Les poissons rouges et le piranha me fixaient et m'envoyaient des signaux, des phrases, des notes de clapotis. L'aquarium était devenu prompteur. Le piranha en agile contorsionniste m'expédiait les voyelles, et les poiscailles rouges faisaient les consonnes.

Je ne réussissais pas à déchiffrer leur mail.

Plus mon rikiki était chouchouté, plus les anges

du papier peint se mettaient à germer. Les cupidons mûrissaient à vue d'œil. Dans une incroyable pagaille, ils se dégrafèrent par grappes entières du papier vite dépeint. Leurs feuilles de vigne ne parvenaient pas à camoufler leurs verges qui se mouchaient sur la moquette. Ils étaient trop nombreux, impossible de riposter.

Ils me regardaient avec dureté, me braquant avec leurs flèches dorées et certainement envenimées. J'étais devenu leur gibier. Plus musclées que les cordes vocales de Pavarotti, leurs respirations n'étaient pas loin de me faire exploser tel du cristal.

À peine Gigi m'avait-elle ôté mon fute en lin que l'un des archanges se l'enfila.

Laissant à l'air sa gigantesque kêkête. Son sexe crachait sur la moquette des hectolitres de neige. Un autre avait mis mon marcel, mon pull-over s'était fait effilocher sur toute sa longueur. Certains s'entre-tuaient pour mes chaussettes humidifiées. C'était le chaos...

– Ça ne va pas, minou ?

Le souffle divin de la voix de Gigi les fit s'éclipser, les crucifiant sur leurs lés d'origine.

– Si, si...

Je lui répondis, fiévreux. Je venais de me faire braquer par des anges mafieux. Inutile de me pincer, je ne pouvais avoir rêvé, la moquette était encore givrée.

– Ce n'est pas grave, ça arrive...

Qu'elle me murmura.

De quoi voulait-elle parler ?

Je me redressai, tentai de retrouver mes esprits et tombai nez à nez sur ma débandade, mon nerf, mon zob, mon rikiki était resté assoupi. J'en avais non seulement une petite, mais de surcroît paresseuse. J'aurais aimé être une autruche.

Gigi tenta de me remettre dans la bonne direction du chemin de la gaule. À l'horizontale bras ballants, fixant l'ampoule du plafond, j'étais devenu une viande morte, une montagne amputée de son sommet, un puceau à perpétuité.

Malgré l'effort de mes prières, Gigi avait fini par s'essouffler. La gorge sèche, moi qui n'avais jamais fait de yoga, je ne pouvais tenter de m'autofellationner. Gigi me colla un dernier baiser chatouilleur, qui me fit esquisser un léger rictus.

Je me rhabillai tel le boxeur étourdi par un KO. Humilié au plus profond de mon être. Vidé. J'aurais donné ma vie pour que ce soit un mauvais cauchemar.

Sapristi ! À ma grande surprise les cupidons en 3D se remirent à éclore en petites foulées. Je serrai la mâchoire, retroussai mes manches. Le regard débordant de rage. J'allais me rendre justice, fin prêt pour le carnage. Avec une chair de poule d'Halooween, je les dégrafai avant qu'ils n'atteignent leur taille adulte.

Du plus petit au petit, je les noyai dans le bassin au piranha qui athée, sans foi ni loi, les croqua à souhait. À tour de bras les chérubins passèrent à la casserole.

– MOUNiiiiiiiiiiiiiiiiiiR!!!!

Mon prénom, lorsqu'on appuie sur les i.

Ce hurlement ne me fit point désempoigner mes cupidons voués à la noyade, tout juste s'il me fit réagir. J'étais devenu fou et sourd à en faire pleurer le silence.

Gigi non sans un certain effort retira ma main de l'aquarium. L'hémoglobine des cupidons m'avait taché du bas jusqu'au haut de ma personne.

Gigi, un ton plus haut que sa réplique précédente :

– À quoi tu joues ? Si tu veux te mutiler, tu vas faire ça ailleurs que chez moi... Regarde dans quel état tu t'es mis.

Le piranha traître m'avait croqué le pouce mutilé naguère par un sécateur à rosiers. La loi des séries.

La morsure fut efficace, sans douleur, une circoncision réussie.

L'eau chaude du bocal avait dû m'anesthésier

durant l'amputation. Trop tard pour pleurer. J'avais pété les plombs. Une hallucination venait de me jouer un mauvais tour.

Je me fis soigner et rouspétais. Inutile de lui raconter que les anges avaient mouché leurs kêkêtes sur la moquette et qu'ils s'entre-tuèrent pour mes chaussettes et ce pendant que les poissons rouges me récitaient l'alphabet lors d'un concerto de musique de chambre, improvisé avec des notes de clapotis. Inutile de lui dire que je voulais me venger de ceux qui avaient orchestré ma débandade.

Nous étions dans la salle de bains. Tous deux assis sur le rebord de la baignoire. J'étais badigeonné de mon propre sang. J'avais été poursuivi par une escorte d'hémoglobine qui cicatrisait sur le carrelage. Gigi s'appliqua à me faire un joli pansement, plus stérile que l'argile chaude et l'huile d'olive.

L'alcool à 90 degrés me fit retrouver mes esprits lorsqu'il fut en contact avec l'épiderme et le derme de ma chair. Charcutée et meurtrie à jamais. Rabotée, ma main droite était plus légère.

Valait mieux en rire qu'en pleurer. Avec autant d'application que le sel chasse le verglas, Gigi me déshabilla. Elle gava la machine à laver de mes vêtements souillés.

Gigi se délesta de son peignoir pour couvrir mon corps, le sien se retrouvait dans une presque nudité. Mes yeux marron dits de cochon ne tournaient plus très rond.

Elle et ses yeux bleus d'amoureuse :

– Faudrait aller à l'hôpital ! Qu'est-ce qui t'a pris ?

Moi, un peu crétin :

– Je sais pas, un mauvais délire.

Gigi, se dandinant avec culpabilité, fixant le carnassier dans sa bulle aquatique :

– On ne pourra pas dire qu'il n'a pas l'estomac plus gros que le ventre. Si je m'écoutais, je te l'enverrais dans le trou de balle du sanibroyeur.

Moi, dans le gaz :

– Je voulais simplement lui faire une caresse et il m'a pris pour son steak.

La machine à laver venait d'entamer son tambourinage, son rythme n'était pas loin des 700 tours/minute. Son branlement de combat allait finir par réveiller le voisinage.

Dans la chambre, les poissons rouges s'étaient tous noyés après avoir absorbé des miettes de ma sève. Ma blessure me démangeait, me picorait, la douleur me relançait, elle se rabâchait sans relâche. On ne fait pas le deuil d'un organe en claquant des doigts. Je m'épongeai le front avec un morceau de Sopalin. Je voyais trouble.

– Tiens, minou, c'est un anesthésique, ça atténuera la douleur.

Je saisis tant bien que mal le verre qu'elle me présenta, je glougloutai en moins d'une demi-gorgée le médoc en espérant qu'il ne tarderait pas à me soulager.

Elle à lui, enfin je veux dire Gigi à moi :

– Je vais nous préparer à manger, maïs et cucurbitacée, tes goûts n'ont pas changé ?

J'acquiesçai, elle connaissait de moi les goûts et les couleurs, d'un pas nonchalant elle m'abandonna. Dans la salle de bains secouée par le boum-boum d'une machine à laver, je fixai l'un de mes reflets. Un peignoir blanc vissé au corps, je me lançai dans une baston de regards, moi contre moi. Je me dévisageai, me balafrai, je me dégoûtais à un tel point que j'aurais aimé ne jamais être né. Discrètement je m'enfermai à triple tour dans l'antre de la SDB.

Je déboulonnai le kimono de chambre, sans artifice, nu comme un nouveau-né, mon sexe était celui d'un chérubin et pourtant dans ma tête il y avait tant de vice. Je le pris dans ma main, on aurait dit un oisillon tombé de son nid. Avec ma voix la plus douce je le réconfortai. Une débandade cela arrivait même aux meilleurs, il ne fallait pas s'en faire. Bien évidemment, il valait mieux que cela ne se reproduise trop souvent.

À l'avenir, je gaverai Zizi d'une tétée de Viagra, ça lui fera que du bien. Si j'avais eu des tonnes d'écus dans mon compte débiteur, j'aurais pu m'offrir une opération de la verge. La main-d'œuvre n'aurait pas été prise en charge par la carte Vitale. Sur un billard on m'aurait greffé des électrodes qui auraient stimulé Zizi. J'aurais été un homme du troisième millénaire, un Steve Austin sans complexe de la kêkête...

Je me ragrafai le peignoir à la ceinture blanche. Si j'avais été un homme, un vrai, j'aurais cherché à titiller Gigi, la faire culpabiliser sur ma contre-performance. Mes mots lui auraient crêpé le chignon. J'imagine qu'en un quart de tour Gigi se serait défendue bec et ongles.

Je lui aurais envoyé à la face des attaques plus agressives que des crochets courts au tympan...

Moi à elle :

– C'est ta faute si ma bite ne t'a pas démontée à la Rocco...

Elle, remisant derrière mon attaque :

– Ça, c'est la meilleure, monsieur n'est pas capable d'avoir une érection et il me fait un caca nerveux. Je suis pas ta mère, fiston...

M'aurait-elle sans doute vomi.

J'aurais alors tenté de la cueillir au foie grâce à de puissants uppercuts vocaux :

– Ma mère ! Attention, ne la ramène pas sur ce ring glissant. Sinon je ne réponds plus de rien, ni de mes mots ni de mes actes, attention je ne vais pas me laisser insulter, je ne suis pas une baltringue... Garage à bites !

Après deux-trois feintes imaginaires, elle m'aurait décroché des syllabes efficaces comme des directs du droit électrocutants :

– Tu t'es pris pour un homme, petit puceau, t'es moins qu'un branleur et t'es moche, t'as vu ton nez, pd.

Moi avec ce qui me serait resté d'énergie, je lui aurais flanqué un direct de mouche marquant toute ma faiblesse :

– Je ne suis pas un pd, j'en ai jamais vu. Espèce de ménopausée.

– Ça te ferait du bien d'être un peu plus gai, face de rat à la mords-moi-le-nœud ! Tu devrais lancer un avis de recherche pour retrouver ce qu'il n'y a pas entre tes jambes, minable...

KO avant même la fin de son ultime réplique, ma tête aurait rebondi dix fois sur le tapis du ring...

TOK-TOK-TOK-TOK-TOK-TOK-TOK-TOK-TOK !!!!

Le tok-tok-tokage de la porte tel le coup de gong mit fin à mon pugilat mental.

– Minou, c'est prêt, tu viens manger...

Avec un jeu de jambes digne de Mohamed Ali, je m'extirpai de la salle de bains.

Gigi, le nez dans ses gamelles, humait la vapeur de l'un de ses mets.

– Tu n'as pas la mine joyeuse, tu vas dormir ici. Demain tu iras mieux, ne te tracasse pas...

Dans un coin de la cuisine, un dîner aux chandelles s'était improvisé sans bougies ni feu d'artifice.

Au menu dans mon assiette : une salade de

maïs et de cucurbitacée agrémentée d'une dune de purée. Dans la sienne : une cuisse de poulet grillée gambadant dans une salade vinaigrette. Je salivais d'avance. Aucune nappe superflue n'était posée sur la table carrée qui n'était pas plus haute qu'un arbuste.

La chaise sur laquelle mon cul était posé ne trouvait pas son point d'équilibre, elle me faisait tanguer du nord au sud et d'est en ouest. J'étais installé sur une rose des vents dont j'étais devenu la girouette.

Gigi, d'un coin de l'oculaire, m'observait. Je ne savais s'il fallait s'excuser de ne pas avoir pu lui offrir mon pucelage.

– Tes yeux brûlent de me poser la question.

Moi, tombant des nues :

– Quelle question ?

Elle :

– Ne fais pas l'idiot, t'as passé l'âge...

– C'est vrai que mes yeux brûlent mais ils ne posent aucune question. Ils brillent... parce que j'ai mal au doigt.

Elle, se servant un petit remontant alcoolisé :

– Mounir, je vais te dire une chose, il ne faut pas me juger, mon corps, c'est mon corps... Vous, les mecs, vous devenez humains que lorsque vous débandez. Tu sais, si j'avais eu le courage de ne pas avorter, j'aurais sans doute eu un enfant de ton âge. Je ne l'aimais pas... mon mari. Regarde ce que je suis devenue, une peau fripée. Seule comme une chienne que l'on caresse et que l'on abandonne sur la route du soleil. Il est mort, kaput... Il s'est suicidé au nom de notre amour, le con. J'ai toujours son parfum sur mon corps. Tu ne dis rien ? Moi aussi, mes yeux brillent parce que j'ai mal ici... (Elle tapote son cœur.) À ta santé.

Elle engloutit cul sec l'eau de feu.

– Heureusement que j'ai l'alcool joyeux sinon j'aurais plombé l'ambiance. (Rire cynique.)

Elle porte une nuisette rose. Sur ses jambes longues et joufflues valse un ballet de lumière dégringolant jusqu'à ses chevilles fines et transparentes. Ses mouvements sont riches de féminité. Aucune trace de maquillage sur la face de son visage strié. Si j'avais été une fée et elle mon

Aladin, mille et une nuits n'auraient suffi pour accomplir nos galipettes.

Le tambour de la machine à laver faisait trembler le plancher. Vu l'heure tardive, surprenant que les voisins ne se soient pas manifestés.

– T'as de l'appétit... l'hémorragie ne s'est pas vraiment colmatée...

Mon pansement était gorgé de rouge.

Moi : Miam-miam... c'est délicieux...

– Merci.

J'avais réussi à détourner la conversation à mon avantage, il ne fallait pas qu'elle s'en fasse. J'étais capable de supporter les douleurs mentales autant que les plaies.

Elle, les lèvres brillantes d'huile vinaigrette :

– Je n'ai pas oublié ce qui te plaisait...

Les légumes qui avaient disparu de mon assiette furent succulents, on s'en serait léché les doigts. Elle est belle dans ses silences, son aura en serait presque palpable. Son regard sans fond me noyait dans l'immensité de son être. Gigi et moi ne parlions pas. À dire vrai, je n'aurais su trop quoi lui dire.

Je ne m'expliquais pas cette panne subite de Zizi, lui qui dans ma chambre fut coaché, malaxé, musclé... Sous ma couette, je n'avais lésiné sur aucun détail pour sa préparation. Il eut même l'opportunité de profiter de conseils prodigués par l'un de mes Big Jim au cœur sensible, qui n'eut guère la tâche facile car Zizi ne se laissait pas toujours prendre en main. Sous le cocoon Big Jim tentait de conditionner mentalement et physiquement Zizi afin qu'il soit fin prêt pour le jour J du grand feu d'artifice.

Privilégié, en retrait, j'assistais à leurs séances d'entraînement. À voix basse, Big Jim, en tenue commando, ordonnait à son disciple de se mettre au garde-à-vous. Sur-le-champ il obéissait, grandissant encore et encore, prêt à exploser.

Zizi en érection avait souvent une perle spermatozoïdaire qui germait de sa lurette, elle signalait qu'il fallait clore l'exercice. Pas question de lâcher la purée avant le rencard et Big Jim ne supportait pas de se faire enneiger...

– Minou, tu veux une pomme pour dessert ?

Miaou à elle :

– M'ouais... S'il te plaît.

Tiens. Elle me tendit une golden, mon fruit préféré.

Gigi, gantée, faisait la vaisselle. Fiévreux, j'avais le cerveau en compote et de la buée dans les mirettes. J'aurais sans doute eu besoin d'une gorgée de morphine ou d'être euthanasié, je souffrais, mais trop fier j'étais pour crier mon :

AU SECOURS !

Si seulement ce salopiot de piranha m'avait recraché la phalange, Gigi aurait pu me la ressouder avec du sparadrap et une dose d'huile d'olive magique. Elle avait été infirmière, avait même tutoyé Hippocrate. Elle cessa d'exercer sa profession après que feu son mari lui eut collé tant de coquards qu'elle en perdit la presque totalité de son œil droit. Je connaissais très bien cette fille de joie, cette péripatéticienne de première classe à laquelle j'allais devoir cracher un pactole malgré ma débandade. Nous nous perdîmes de vue quelques longues années et aussi étrange que cela puisse paraître ce furent mes parents qui me donnèrent l'envie de renouer contact avec elle. Je m'en souviens comme si c'était hier…

Flash-back à l'ancienne :

Un après-midi pendant le déjeuner, papa et maman me questionnèrent d'une manière étrange au sujet de ma nourrice. Ils me demandèrent de faire fonctionner mon disque dur et de ressortir mes dossiers la concernant. Mon père et ma mère me retournèrent le cerveau avec leurs devinettes sans queue ni tête.

Je leur bafouillai mon dernier souvenir d'elle, Gisèle ma nounou. Il n'était guère des plus joyeux, je dois dire.

Pour des raisons d'impayés elle fut contrainte et forcée de quitter son nid. J'assistai à la scène, impuissant. Manu militari deux agents des forces de l'ordre la déracinèrent de la résidence du Bois-Fleury.

Elle se débattait, criait, pleurait de rage, remuant la tranquillité habituelle de notre enclos.

Un serrurier soutenu par un huissier changea les serrures de la propriété.

L'ÉPI DE BLÉ allait être mis aux enchères.

Maman, me servant mon dessert, avec une voix fluette continua son investigation :

– Lorsque tu étais petit chez la nourrice, y avait-il des hommes bizarres qui lui rendaient visite ? Quand elle te désinfecta le pus de ta circoncision, elle était normale avec ton zizi ?

Et patati et patata, ils ne cessèrent d'en rajouter.

J'appréciais mon dessert, ne voyant vraiment pas où ils voulaient en arriver avec leur interrogatoire plus musclé qu'une propagande américaine.

Je restais couac, désarçonné par leur harcèlement, où voulaient-ils bien en venir ?

À la fin du repas, ma mère me murmura les raisons de cet étrange entretien. Une rumeur à la mauvaise haleine bafouait l'honneur de ma nounou. Maman, la gorge nouée, m'injecta à l'oreille le venin.

Gisèle, ma nourrice, se serait reconvertie au plus vieux métier du monde.

Une pute ?

Comment mes parents pouvaient-ils porter tant de crédit aux langues de vipères ? Maman fut soulagée lorsque je lui envoyai à la face que je n'avais subi de sa part aucun sévice sexuel.

C'est en feuilletant mon annuaire que je remis la main sur elle.

Surprise par mon appel, Gisèle me fit remarquer que ma voix avait mûri. Normal, je venais d'avoir 19 ans. Selon ses dires, j'étais devenu un petit bout d'homme. Elle me demanda de ne plus l'appeler Gisèle car elle trouvait ce prénom ringard et dépassé, Gigi c'était plus cool.

C'est par le biais du sans-fil que nous retissâmes nos liens. Je lui racontais mes journées de travail au salon de coiffure et tout le toutim de mon train-train quotidien. Elle me demanda si j'avais une petite amie, la réponse était négative.

J'étais convaincu que la rumeur était fausse, Gisèle alias Gigi ne pouvait être une bitch. Lors d'un appel en heure creuse, elle désira parler à mes parents pour les inviter à dîner l'un de ces prochains jours. Je me retrouvai dans un cul-de-sac. Elle insista de plus belle...

Il y eut un silence de ma part et mes syllabes parlèrent à ma place :

– Je ne peux pas te les passer, ils disent que tu t'es recyclée dans la prostitution, que t'es une puuute...

Il y eut un temps mort de sa part, puis elle éclata d'un fou rire si puissant, il faillit rompre la communication.

Je savais bien cette rumeur à la mauvaise haleine fausse et à mon tour je me mis à rire avant d'être coupé entre deux éclats, foudroyé. Gisèle me fit son coming-out. Elle était une prostituée couvant les cœurs en peine. Le cellulaire collé à mon oreille, je buvais ses paroles.

Elle était devenue la doctoresse des mâles en détresse de sentiments. Passé l'émotion, j'eus l'idée lumineuse de solliciter ses cajoleries et de me jeter dans les draps de son incestueux plumard...

– Tu rêvasses, minou, tu ne finis pas ta pomme ?

Gisèle, je devrais plutôt dire Gigi, enfin j'abrège, ma nounou me sortit de mon flash-back.

– Tu es sûr que ça va ? Bouge pas, je reviens.

Elle s'échappa illico presto de la cuisine, aussitôt un remue-ménage s'ensuivit. Que se passait-il ?

Des portes d'armoires claquées, à l'écoute on aurait pu croire qu'un régiment de CRS s'était lancé dans une perquisition dans un camp de romanichels. Pour couronner le tout, la machine à laver venait d'entamer son essorage à près de 3 000 tours/minute.

Je le jure sur ma vie, le plancher vibrait tant que je crus subir une séance gratuite d'ostéopathie.

– Je l'ai trouvé, minou.

Gigi refit surface dans la cuisine, tenant une boîte de taille moyenne.

Qu'allait-elle en sortir : une colombe, un lapin, des foulards, des Carambar ? ? ?

Abracadabra, à ma grande surprise elle fit apparaître un stéthoscope à l'aide duquel elle se mit à écouter le beat du boum-boum de mon cœur qui battait sans temps mort. J'étais dans un piteux état, Droopy à côté aurait été plus beau gosse. Gigi m'auscultait, se remémorant sans doute le temps où elle était blouse blanche. Mon peignoir gisait à terre, j'étais assis en caleçon sur une chaise bancale et elle me priait de tousser, puis d'inspirer et expirer.

Plus elle me manipulait et plus je sentais une chaleur jaillir de mon corps, son souffle sur ma nuque, son regard sur ma bouche. Nous allions faire l'amour à l'eau de rose comme les héros de la collection Harlequin. Mon zizi était d'attaque, il aurait pu féconder un fossile vieux comme Lucie. Gigi souriante rangea le stéthoscope dans la boîte à chaussures et, en un tour de passe, elle fit apparaître un thermomètre.

– Je veux vérifier ta température...

Je bandais comme un âne et elle continuait à jouer la doctoresse. Quelque chose clochait, elle n'avait pas l'air de plaisanter.

Il était hors de question que je me foute ce tube dans le c...

Il fallait trouver un moyen de me sortir de cette situation.

Gigi, me tendant le thermo :

– Tiens, tu sais comment ça fonctionne. Tu te l'enfonces dans le rectum 30 secondes... Tu veux que je te donne un coup de main ???

Moi, le corps imprégné d'une soudaine sueur froide :

– Non merci, je pense pouvoir viser juste du premier coup... C'est obligé ?

Elle devait savoir ce qu'elle faisait Le thermo à la main, j'étais dans une impasse, je ne pouvais pas me sortir de ce cul-de-sac, même la machine à laver s'était tue, le silence était à son zénith. Entre mes jambes mon zizi était redevenu fidèle à lui-même, rikiki. Gigi, Gisèle, ma nounou n'allait pas capituler, elle était déterminée, ma température était devenue son ultime obsession. Son regard bleu persan me transperçait.

Gigi avait des yeux magnifiques, bien qu'elle soit borgne d'un oculaire. Je ne dirai pas lequel car je ne suis pas une balance. Le bourreau de l'œil était son mari. Longtemps elle porta une œillère.

À l'époque où maman perdit la graine de rose qui avait été plantée dans son dedans, Gigi eut la responsabilité de me déposer à l'école et de m'y repêcher à la sortie.

La bande du préau l'avait surnommée :

La femme d'Albator, celle qui a de la crotte dans l'œil.

– Tu peux me regarder avec ton air de chien battu, je n'en démordrai pas...

J'allais donc devoir me plier à ses ordres, m'enfoncer le releveur de température dans le c... Je serrai les mâchoires.

Lorsque soudain un éclat de tonnerre retentit à nos oreilles, brisant le silence de glace qui avait pris ses aises dans la cuisine. À l'extérieur les cordes vocales d'un klaxon n'avaient de cesse de s'époumoner.

Alléluia shalom alékoum ! Je venais d'être sauvé in extremis. Intriguée par cette fanfaronnade, discrète tel un sniper, Gigi donna un bref coup d'œil à travers la fenêtre. Entre-temps, je pris soin de remettre le thermomètre dans sa boîte. Gigi m'énuméra son zyeutage.

Deux étages plus bas, matinaux tels des coqs, les éboueurs dans leur 300 chevaux faisaient hurler leur klaxon.

Elle :

– Encore un qui a dû gagner son permis de conduire dans une pochette-surprise, il s'est garé en plein milieu de la route. Il bloque le poids lourd des éboueurs. Viens voir...

Inutile de me faire un dessin, je compris de suite qu'il devait s'agir de la voiture de mon père. Elle avait dû se désarrimer de son point d'ancrage, pataugeant en plein milieu de la street. Pour en avoir le cœur net, je lorgnai à travers la fenêtre givrée de la cuisine. Mon intuition ne s'était pas trompée. Il fallait que je me dénonce.

La queue entre les jambes j'élevai ma voix au niveau de ses oreilles et lui expédiai ces quelques syllabes :

– Je crois que c'est ma caisse...

Elle du tac au tac :

– Alors reste pas planté là en caleçon, habille-toi et descends... Stop. Tu m'en auras fait voir de toutes les couleurs, minou... Stop. Je leur dis de se calmer... Stop. Ils vont finir par réveiller tout le patelin... Stop. Va faire ta manœuvre... Stop. Tu réussiras à gouverner les manettes de l'auto avec ton doigt ? Stop...

Moi toujours stoppais là :

– Pour la manœuvre, il n'y aura pas trop de problèmes. Le seul hic, c'est que mes sapes sont dans la machine à laver.

Ce soir-là, tous les pépins furent pour ma poire.

Gigi en furie, perdant son sang-froid, m'ordonna de la suivre dans sa chambre.

D'une armoire elle sortit un pantalon et une chemise, en un clin d'œil j'étais devenu un nouvel homme.

– Là où il est, il n'en a plus besoin.

Me lança-t-elle.

J'étais classe dans le costume made in Barbès de son défunt mari, il m'allait comme un gant. Du portemanteau je dégrafai mon parka. La porte claqua à mon départ. Une à une, deux à deux, puis trois par trois je dévalai les marches qui lustrées pouvaient me faire bimbadaboumer. C'est essoufflé que j'atterris au rez-de-chaussée, mon cœur battait si fort qu'il me semblait le voir rebondir à terre. À travers la vitre du hall d'entrée je remarquai un épais brouillard qui ne laissait y voir plus loin que le bout de son nez.

À la seconde où ma carcasse s'éjecta du hall, je fus enrobé par le glah glah de l'hiver. J'étais frigorifié de partout, aucune parcelle de mon épiderme ne fut épargnée. Mon Dieu, fais que je ne finisse pas dans leur benne. Trois pas de fourmi plus tard, ébloui par les pleins phares du poids lourd, je m'excusais auprès des trois gaillards taillés dans le roc. Sur leurs bleus de travail étaient cousues des bandes phosphorescentes, ressemblant à s'y méprendre aux étoiles brillantes parsemées sur le plafond de ma chambre. Les mousquetaires regagnèrent la cabine chauffée de leur 300 chevaux.

Sur le dos des trottoirs bitumés, de nombreux encombrants furent gobés par le camion-poubelle à l'appétit vorace. La tuture de fabrication NF s'était déportée au milieu de la route, la faute du frein à main non actionné.

La neige qui tombait sur l'asphalte était compacte, l'auto était ensevelie comme une cerise dans un Mon Chéri. Je raclai les pare-brise avant et arrière à l'aide d'une carte téléphonique, un dégivrage efficace.

Mon corps me réclamait des antigel, le vent me giflait le visage si violemment qu'il me faisait couler des larmes glacées. Sous le moins zéro, un dépôt de gel s'était incrusté à l'intérieur du trou de la serrure. Malgré mes efforts, impossible d'enfoncer la clé, si j'avais eu un briquet j'aurais pu la chauffer à blanc, ainsi elle aurait sans peine pénétré la serrure. Je n'allais pas lâcher prise, j'avais plus d'un tour dans ma bourse. Discrètement, je sortis ma modeste kêkête et urinai sur la fente. La pisse bouillante fit fondre les points de suture en glace. Une poignée de secondes plus tard, la braguette remontée, j'étais au poste de pilotage et, à ma grande stupéfaction, pas de vroum-vroumage. Je me retrouvais confronté à un nouveau problème, la françouze ne voulait pas démarrer. Probablement était-elle fâchée de s'être fait souiller par mes quelques centilitres de pipi.

Le starter ne savait plus y faire.

Perdant patience, le trio du poids lourd refit claironner les cordes vocales de leur klaxon qui avait plus de décibels qu'un bataillon de cocoricos. Ils n'hésitèrent pas à m'expédier des appels de phares qui faillirent presque me dépigmenter les iris.

La françouze n'en avait que faire, continuant à patauger au milieu de la street, son moteur toussait mais il ne trouvait pas l'étincelle qui m'aurait permis de recadrer le tir. Au bout de quelques fines minutes les appels de phares et les fanfaronnades cessèrent, l'un des ripeurs s'extirpa de la cabine du 300 chevaux.

Au trot, au pas de charge, puis au galop il se dirigea vers nous, moi et l'auto. Il semblait avoir été bâti dans un menhir. À cet instant précis, si je tremblotais, ce n'était plus par la faute du froid.

Par prévention j'enclenchai la fermeture manuelle des portes.

L'homme à travers la vitre :

– S'te plaît de partir, on a une tournée à terminer. Tu sais que c'est interdit de stationner dans cette rue ?

Gigi n'avait pas eu tort lorsqu'elle m'avais parlé de permis remporté dans une pochette-surprise.

Je n'avais pas prêté d'attention particulière au panneau interdisant le stationnement.

– Faut pas rester ici, petit...

Moi, de la buée plein la bouche :

– Je ne sais ce qu'elle a, elle ne veut plus démarrer, cette lâche.

Lui, le visage cagoulé par le brouillard :

– Mets ta ceinture, enclenche la première et laisse-nous faire...

J'allais devoir me garer à un tout autre endroit, une chance qu'ils n'aient pas appelé les forces de répression.

Leur camion fit une poussette au pare-chocs de la françouze et le vroum-vroumage chantonna sur les pavés enneigés. Ils furent très indulgents avec ma petite personne.

Le pied sur l'accélérateur, je m'éloignais à petites foulées de la rue du Manoir, ne sachant pas où cette pérégrination allait me déposer...

Gigi devait sans nul doute s'inquiéter de ne pas me voir refaire surface dans ses appartements. D'autant plus que dans la poche secrète de mon parka une enveloppe farcie d'oseille lui revenait de plein droit. C'était l'argent pour ma nuit d'amour... platonique.

Je traçais droit devant, grillant quelques stops. Inconsciemment, je m'enfuyais, je m'éclipsais, je m'esquivais...

Je déconnectai mon GSM. Honte sur moi de ne pas avoir pu devenir un homme, maudit je devais être. Condamné à rester puceau.

Je ne pourrais plus recroiser le regard de Gigi, je lui enverrais son dû en recommandé. La visibilité était quasiment nulle, les feux antibrouillard n'étaient pas les dignes successeurs du phare d'Alexandrie. Pour penser ailleurs j'enclenchai la radio.

La musique qui grésillait à mes oreilles avait des couplets répétitifs comme le tchou-tchou du petit train. Je mis sur off le poste qui n'avait dans son clapet que de la soupe remixée.

J'aurais aimé être un spermatozoïde finissant sa course dans la cuvette d'un chiotte. Si les Cheyennes et autres Apaches n'avaient pas été décimés par les 50 étoiles, je n'aurais pas mérité d'être réincarné en l'un des leurs. Mon doigt déchiré avait doublé de volume et la douleur était vive.

Si dans mes gènes il y avait eu plus de témérité, je me serais cautérisé le pouce en l'introduisant dans l'allume-cigare. Le rétroviseur me renvoyait mon regard, j'avais les yeux plus cernés que Mesrine à la porte de Clignancourt.

La françouze roulait à la vitesse d'une personne du troisième âge. Peu à peu, je commençais à reconnaître la physionomie des paysages qui défilaient. Il me tardait d'arriver à la maison, garer la françouze dans son box, retrouver ma chambre et son ciel étoilé. J'étais frigorifié, le chauffage ne me faisait aucun effet.

J'avais la goutte au nez.

Les roues traçaient sur des rails invisibles.

L'aube s'éveillait, la neige tombait. Mon pouce souffrait. Les animaux des alentours étaient sortis de leur cachette. Les lapins remuaient leur queue porte-chance, les chouettes elles sur le haut de leur branche crachaient sur le capot des symphonies maléfiques. Les platanes solidement ancrés au sol me clignaient de l'œil. Ils auraient pu se faire recycler en totems, tant ils étaient droits et majestueux.

COMPTE À REBOURS.

Devant, à moins de 10 mètres de mon pare-chocs, sortie de nulle part, une tripotée de hérissons vient d'improviser une manifestation, envahissant la route de façon anarchique. Je ne connais pas leurs revendications. Je n'ai pas d'autre choix, je fonce. Pas question de perdre mon rythme de croisière.

VROUM VROUM VROUM...

Le pied sur le champignon, tel un kamikaze fou de sa religion, à la vie à la mort, j'enclenche la vitesse supérieure, la françouze file droit, glisse sur la poudreuse à l'allure d'une bastos.

VROUM-BOUM!!!!

Un choc énorme eut lieu lors de l'impact. Je perdis le contrôle. Éclatement des pneus. Ce que je pris pour des hérissons se révélait être en réalité des caillasses éparpillées par-ci par-là...

La françouze sans perdre de temps percuta un platane.

Au ralenti toutes les vitres éclatèrent. Les éclats de verre s'incrustèrent dans la ouate hivernale, la sertirent de reflets lumineux.

La tôle fragile se froissa contre l'écorce du feuillu, façon alliance de mariage.

À cet instant précis toute ma vie défila droit devant.

Trop tard pour crier, le vacarme dura une demi-seconde, puis ce fut fini.

Le coup du lapin en guise de coup de grâce.

La fumée qui s'échappait du capot tentait de hurler un ultime SOS.

Death. Game over. Mort. Mon myocarde ne boxait plus ma poitrine. Mon âme en peine errait déjà au-dessus de ma dépouille. Mon corps se raidissait façon Mister Freeze. Je devenais froid à en rafraîchir la gorge d'un geyser. Décéder à 19 ans, quel gâchis.

L'autoradio sous le choc s'était mis sur on, de ses enceintes s'échappait un léger filet musical aux harmonies mélancoliques. Un requiem qui fera siffler les oreilles de ceux que j'ai aimés.

D'en haut je me regardais, les yeux fermés, enveloppé dans mon parka, d'en haut je me pleurais, je me manquais déjà. La suite chronologique je pouvais l'anticiper, les premiers secours allaient être alertés. Les forces de l'ordre quadrilleraient le secteur.

Les automobilistes avec leur curiosité de fouine rouleront au pas, provoquant un bouchon pas très chouette. Une heure plus tard, les pompiers non sans effort auront extirpé ma carcasse.

La police ne trouvant pas de permis de conduire dans mon portefeuille pensera que je suis un voleur de voitures déclassées à l'argus. Lorsqu'ils découvriront dans ma poche secrète le pactole de ma débandade, ils seront plus discrets et empocheront l'argent pour arrondir le beurre de leurs épinards. Le médecin légiste ordonnera une autopsie. Il lui aurait pourtant suffi de sentir mon haleine pour en déduire que je n'avais pas pris le volant sous l'emprise de l'alcool ou de la marijane. Lorsqu'ils apprendront la tragédie, père et mère ne tiendront pas le coup. Inconsolables.

Dans un sac plus résistant qu'un Mobalpa mon corps ira faire une escale dans une chambre froide aux murs peints de neiges éternelles.

Là-bas, un chaman des mosquées récitera des sourates et des hadith à mon âme. Lors de ma toilette mortuaire ses mains douces lustreront mon épiderme. Il me parfumera de musc, me coiffera la tignasse.

À l'aide d'un plumeau noyé dans un pot de fond de teint, il me fera retrouver mes pixels caramel. Maquillé, parfumé, coiffé, suturé, sapé sur mon double 31, je ferai bonne figure. Une aubaine que la françouze n'ait explosé lors de l'impact car les autorités auraient pu croire à un attentat-suicide contre les platanes de la nationale.

Pour des raisons sanitaires, je ne serai pas veillé dans ma chambre, c'est la loi. On me pleurera dans l'enceinte du funérarium. Au compte-gouttes, de nombreuses personnes viendront faire couler leurs mirettes sur ma dépouille. Il aura fallu que je meure pour me sentir moins seul, la vie est ainsi faite.

Mon père s'occupera des pleurnichards, distribuant des Kleenex pour leurs oculaires et refourguant du papier-toilette rêche pour les nez morveux. Lui ne pleurera pas. Maman offrira du thé salé par ses larmes. Ma mort, une sorte de thérapie de groupe.

De mon vivant l'amour ne m'aura pas choisi comme compagnon, je n'ai pas eu l'audace de l'inviter à danser.

Sur le beat d'un blues, j'ai trinqué seul. Je n'ai eu pour moi ni la confiance ni les atouts des spots publicitaires. J'avais l'épiderme frisé et le complexe d'infériorité dû à mon rikiki. L'humanité n'aura pu bénéficier de l'éclosion de l'une de mes graines. La faute à ma testostérone pas assez conquérante, trop chochotte pour faire de moi un mâle.

N'ayant jamais réussi à conclure mon péché de chair, je ne devrais pas avoir à craindre d'être léché par les flammes de l'enfer. Au pied de mon chevet une bougie sans se brusquer se consumera.

Dans les toilettes à l'abri des regards, isolé, enfermé à double tour, mon père assis sur la cuvette se mettra à pleurer.

Si ses sanglots avaient eu les propriétés du formol, j'aurais pu être conservé dans leur bain et me la couler douce. L'heure du jugement dernier ne manquera pas de carillonner. Avant le verdict éternel je trierai mes bonnes actions, en essayant d'oublier les mauvaises.

Je ferai le topo à ma langue de vipère dans l'espoir qu'elle ne dérape, ne fourche en ma défaveur. Si elle venait à se mettre en conduite automatique, elle m'enverrait pour un millénaire au purgatoire. Je grillerais dans un barbecue plus volcanique que le magma. Dans ma chambre froide, l'idée de servir de charbon ardent au 666 me ferait presque un remue-ménage dans mes entrailles. Maman aurait sans doute aimé me conserver dans un iceberg loin de l'appétit féroce des vers qui apprécieront ma tendre viande.

Parents, cessez de faire saigner vos peines, laissez partir mon âme. Je serai toujours près de vous, je suis fier d'avoir été votre fils.

Les meilleurs discours ne sont-ils pas les plus brefs ?

Je n'ai pas assez de syllabes pour vous dire :

– Je vous aime en MAJUSCULES.

Le jour J de l'enterrement, un cortège silencieux en file indienne suivra le corbillard.

Emprisonné dans un cercueil verrouillé à triple tour, mon corps raide sera à l'étroit entre les quatre planches. Dans un trou on m'enfoncera comme une graine.

Les larmes des roses qui éclabousseront la glaise ne me feront pas renaître de mes cendres. Six pieds sous terre, adieu père, adieu mère.

J'espère que les planches de ma nouvelle demeure auront été parfaitement traitées pour éloigner les charognards de l'underground, je veux bien me faire asticoter par mes propres vers mais pas question qu'une taupe vienne me raboter, qu'on me laisse au moins mes os pour pleurer. Si mes parents n'avaient pas cassé leur tirelire pour m'offrir une concession au cimetière muslim, je me serais retrouvé dans une fosse commune ou dans une urne en terre cuite.

Mourir, c'est la ruine. J'irai dans les rêves de maman-papa pour les consoler. Je leur soufflerai en cachette les bons numéros de la super-cagnotte du Loto. Les gains remportés leur permettront de respirer entre deux sanglots. Papa champion du monde de tous les papas se souviendra de ma venue au monde. Au marché, pendant plus d'une semaine, il offrira des roses et des asperges à chacune de ses clientes.

Grâce à leurs derniers deniers, j'aurai au-dessus de ma tête un petit jardin qu'ils sauront fleurir tel un sourire. Sur ma pierre tombale taillée dans le calcaire ils incrusteront mon code-barres.

Au paradis, si j'y suis admis, j'essaierai de remettre la main sur les anges qui causèrent ma débandade. Mes parents malheureusement ne seront pas ensevelis à côté de moi mais sous leur terre d'origine. Là-bas, au bled, ils n'auront pas le privilège d'être emprisonnés dans un cercueil soldé au prix cher. Dans la soute à bagages d'un charter, ils voyageront à l'intérieur d'une malle frigorifique.

Papa et maman recouverts d'un linceul seront engloutis dans une terre fertile. Leurs armures en tissu ne feront pas long feu contre les vautours des sous-sols.

Je soufflerai dans leurs entrailles de la mort-aux-rats afin qu'ils ne soient point importunés, hors de question qu'ils se fassent grignoter à l'aveuglette sans que je leur aie administré des anticorps.

Je n'ai jamais demandé à venir au monde, la vie me manque déjà. Le sang des miens à jamais sera prisonnier de ma disparition. La françouze n'a toujours pas été désencastrée de son platane. Les pin-pon tardent. L'autre rive me fait des appels de phares de plus en plus évidents. J'ai le trac à l'idée de cet ultime rendez-vous, pourvu que je ne finisse pas en enfer, sodomisé par le Shitan à la bite de feu. Je suis mort, que Dieu ait pitié, qu'il m'accepte dans son paradis. Si je réussis à obtenir mon accréditation pour l'éden, je pourrai enfin rencontrer une olympe m'aimant pour ce que je suis, un gars modeste sans fortune ni physique avantageux, un gars passionné par les Indiens et les trains, un gars circoncis de travers et qui sur terre ne put s'enivrer à pêcher les arômes de la chair.

La neige tombe, m'enrobe d'un voile blanc.

Le brouillard ne joue pas en ma faveur, les quelques automobilistes qui traversent la nationale ne m'aperçoivent pas et ce malgré leurs feux antibrouillard.

Le moteur complètement refroidi n'enfume plus l'atmosphère. Chanceux comme je suis, il n'est pas impossible que l'on me remette la main dessus lors de la fonte des neiges. L'autoradio pompe les dernières calories de l'automobile. Ses faibles enceintes font résonner à ceux qui voudraient bien l'entendre :

– Biiip blah blah blah patati patata etc. etc.

« Châtelet-Les Halles, terminus, les voyageurs sont invités à descendre du côté gauche de la voie. Bonne journée. »

« TERMINUS... »

La voix du cheminot conducteur d'engin me sort instantanément de mon reflet teinté qui fut mon auditeur.

En file indienne quelques usagers s'échappent de leurs wagons foulant les quais dans un rythme speedé. C'est l'été, je pose mes sandalettes sur l'asphalte de la capitale où les gazelles sont mille fois trop belles pour moi qui ne suis pas un soleil.

À tour de bras les tapis roulants et les escalators me transportent vers la sortie principale. Strate par strate je remonte à la surface. Les femmes, les miss, les gazelles qui surgissent de gauche à droite, devant et derrière moi, ont des regards fuyants et les nombrils arrogants. Ma partie féminine ne me suffit plus pour combler mes manques, je m'asphyxie dans mon espace vital. Je capture l'éclat de leurs iris, aussitôt je sens fondre mes pupilles. Les caméras de télésurveillance pullulent, les lumières des néons me rendent électrique, le plan du réseau ferroviaire me fait penser à un arc-en-ciel sous acide, pas une seule ligne ne file droit.

La main droite agrippée sur la rampe d'un énième tapis roulant, je vois enfin le bout du tunnel. À la manière d'une écharde, je m'ôte de cette fourmilière.

Le ruban métallique déballe ses derniers mètres, je m'apprête à remettre en fonction mon mode pédestre.

5, 4, 3, 2, 1, zéro...

La manœuvre s'est bien effectuée. Pas à pas, je grille de nouveau mes propres calories. Plus qu'une porte à puncher pour que je m'extirpe du labyrinthe souterrain.

La door en acier vitré me please de la pousser, son hymen est transpercé avec l'impulsion de mon push le plus dynamique.

Les premières bouffées d'air libre sont ensoleillées du numéro 5 sur l'indice de pollution. Mes sinus avalent plus de goudron que mes sandalettes.

Aux abords de la gare les nuisances sonores sont telles que mes oreilles aimeraient se métamorphoser en pétales de rose afin qu'une ou deux bizz-bizz viennent y déposer quelques gorgées de miel qui les rendraient insonorisées.

Sur l'asphalte des grands boulevards de Paname avec mon marcel, mes sandalettes et mon bermuda, je me balance des syllabes, des monologues qui flirtent entre le sun et le linceul. Vivement que j'en finisse avec cette séance thérapeutique, retrouver ma chambre et sa voie lactée.

Dans ma tête, il fait chaud. En moi parfois je trouve le soleil, il est rarement ponctuel, me déçoit de n'être jamais du même éclat, mais l'essentiel, c'est qu'il soit présent comme un clou rouillé dans ma matière.

L'écran digital de mon GSM m'indique 15 : 10.

Je range ma langue dans ma poche, il faut que je sprinte la cadence.

Dr Barrat. Psychanalyste.

Consultation sur R.d.V.

S.V.P. frapper avant d'entrer…

TOK ! TOK ! TOK ! fait la porte que je cogne.

Couché sur un divan plus frigide qu'un iceberg, ma langue se délie, me délivrant de mon trop-plein de moi...

– À 19 ans tout juste soufflés, j'ai été mort. Il y eut peu de pleurs... Mais avant cette chute, docteur, il y eut ce départ... Papa et maman dormaient à poings fermés, j'en profitai pour emprunter les clefs de la voiture de mon père pour me rendre à un rendez-vous chez une femme de joie, Gigi. C'était l'hiver, si j'avais su ce qui m'attendait à l'autre bout du tunnel, je serais resté sous ma couette...

RÉALISATION : PAO ÉDITIONS DU SEUIL
IMPRESSION : S.N. FIRMIN-DIDOT AU MESNIL-SUR-L'ESTRÉE
DÉPÔT LÉGAL : FÉVRIER 2005. N° 78985 (71900)
IMPRIMÉ EN FRANCE

Collection Points

DERNIERS TITRES PARUS

P949. 1280 Âmes, *par Jean-Bernard Pouy*
P950. Les Péchés des pères, *par Lawrence Block*
P951. Les Enfants de fortune, *par Jean-Marc Roberts*
P952. L'Incendie, *par Mohammed Dib*
P953. Aventures, *par Italo Calvino*
P954. Œuvres pré-posthumes, *par Robert Musil*
P955. Sérénissime Assassinat, *par Gabrielle Wittkop*
P956. L'Ami de mon père, *par Frédéric Vitoux*
P957. Messaouda, *par Abdelhak Serhane*
P958. La Croix et la Bannière, *par William Boyd*
P959. Une voix dans la nuit, *par Armistead Maupin*
P960. La Face cachée de la lune, *par Martin Suter*
P961. Des villes dans la plaine, *par Cormac McCarthy*
P962. L'Espace prend la forme de mon regard, *par Hubert Reeves*
P963. L'Indispensable Petite Robe noire, *par Lauren Henderson*
P964. Vieilles Dames en péril, *par Margaret Yorke*
P965. Jeu de main, jeu de vilain, *par Michelle Spring*
P966. Carlota Fainberg, *par Antonio Muñoz Molina*
P967. Cette aveuglante absence de lumière, *par Tahar Ben Jelloun*
P968. Manuel de peinture et de calligraphie, *par José Saramago*
P969. Dans le nu de la vie, *par Jean Hatzfeld*
P970. Lettres luthériennes, *par Pier Paolo Pasolini*
P971. Les Morts de la Saint-Jean, *par Henning Mankell*
P972. Ne zappez pas, c'est l'heure du crime, *par Nancy Star*
P973. Connaissance de la douleur, *par Carlo Emilio Gadda*
P974. Les Feux du Bengale, *par Amitav Ghosh*
P975. Le Professeur et la Sirène
par Giuseppe Tomasi di Lampedusa
P976. Éloge de la phobie, *par Brigitte Aubert*
P977. L'Univers, les dieux, les hommes, *par Jean-Pierre Vernant*
P978. Les Gardiens de la vérité, *par Michael Collins*
P979. Jours de Kabylie, *par Mouloud Feraoun*
P980. La Pianiste, *par Elfriede Jelinek*
P981. L'homme qui savait tout, *par Catherine David*
P982. La Musique d'une vie, *par Andreï Makine*
P983. Un vieux cœur, *par Bertrand Visage*
P984. Le Caméléon, *par Andreï Kourkov*

P985. Le Bonheur en Provence, *par Peter Mayle*
P986. Journal d'un tueur sentimental et autres récits *par Luis Sepúlveda*
P987. Étoile de mère, *par G. Zoë Garnett*
P988. Le Vent du plaisir, *par Hervé Hamon*
P989. L'Envol des anges, *par Michael Connelly*
P990. Noblesse oblige, *par Donna Leon*
P991. Les Étoiles du Sud, *par Julien Green*
P992. En avant comme avant !, *par Michel Folco*
P993. Pour qui vous prenez-vous ?, *par Geneviève Brisac*
P994. Les Aubes, *par Linda Lê*
P995. Le Cimetière des bateaux sans nom *par Arturo Pérez-Reverte*
P996. Un pur espion, *par John le Carré*
P997. La Plus Belle Histoire des animaux, *par Boris Cyrulnik, Jean-Pierre Digard, Pascal Picq, Karine-Lou Matignon*
P998. La Plus Belle Histoire de la Terre, *par André Brahic, Paul Tapponnier, Lester R. Brown, Jacques Girardon*
P999. La Plus Belle Histoire des plantes, *par Jean-Marie Pelt, Marcel Mazoyer, Théodore Monod, Jacques Girardon*
P1000. Le Monde de Sophie, *par Jostein Gaarder*
P1001. Suave comme l'éternité, *par George P. Pelecanos*
P1002. Cinq Mouches bleues, *par Carmen Posadas*
P1003. Le Monstre, *par Jonathan Kellerman*
P1004. À la trappe !, *par Andrew Klavan*
P1005. Urgence, *par Sarah Paretsky*
P1006. Galindez, *par Manuel Vázquez Montalbán*
P1007. Le Sanglot de l'homme blanc, *par Pascal Bruckner*
P1008. La Vie sexuelle de Catherine M., *par Catherine Millet*
P1009. La Fête des Anciens, *par Pierre Mertens*
P1010. Une odeur de mantèque, *par Mohammed Khaïr-Eddine*
P1011. N'oublie pas mes petits souliers, *par Joseph Connolly*
P1012. Les Bonbons chinois, *par Mian Mian*
P1013. Boulevard du Guinardó, *par Juan Marsé*
P1014. Des lézards dans le ravin, *par Juan Marsé*
P1015. Besoin de vélo, *par Paul Fournel*
P1016. La Liste noire, *par Alexandra Marinina*
P1017. La Longue Nuit du sans-sommeil, *par Lawrence Block*
P1018. Perdre, *par Pierre Mertens*
P1019. Les Exclus, *par Elfriede Jelinek*
P1020. Putain, *par Nelly Arcan*
P1021. La Route de Midland, *par Arnaud Cathrine*

P1022. Le Fil de soie, *par Michèle Gazier*
P1023. Paysages originels, *par Olivier Rolin*
P1024. La Constance du jardinier, *par John le Carré*
P1025. Ainsi vivent les morts, *par Will Self*
P1026. Doux Carnage, *par Toby Litt*
P1027. Le Principe d'humanité, *par Jean-Claude Guillebaud*
P1028. Bleu, histoire d'une couleur, *par Michel Pastoureau*
P1029. Speedway, *par Philippe Thirault*
P1030. Les Os de Jupiter, *par Faye Kellerman*
P1031. La Course au mouton sauvage, *par Haruki Murakami*
P1032. Les Sept Plumes de l'aigle, *par Henri Gougaud*
P1033. Arthur, *par Michel Rio*
P1034. Hémisphère Nord, *par Patrick Roegiers*
P1035. Disgrâce, *par J.M. Coetzee*
P1036. L'Âge de fer, *par J.M. Coetzee*
P1037. Les Sombres Feux du passé, *par Chang-rae Lee*
P1038. Les Voix de la liberté, *par Michel Winock*
P1039. Nucléaire Chaos, *par Stéphanie Benson*
P1040. Bienheureux ceux qui ont soif..., *par Anne Holt*
P1041. Le Marin à l'ancre, *par Bernard Giraudeau*
P1042. L'Oiseau des ténèbres, *par Michael Connelly*
P1043. Les Enfants des rues étroites, *par Abdelhak Sehrane*
P1044. L'Ile et Une nuit, *par Daniel Maximin*
P1045. Bouquiner, *par Annie François*
P1046. Nat Tate, *par William Boyd*
P1047. Le Grand Roman indien, *par Shashi Tharoor*
P1048. Les Lettres mauves, *par Lawrence Block*
P1049. L'Imprécateur, *par René-Victor Pilhes*
P1050. Le Stade de Wimbledon, *par Daniele Del Giudice*
P1051. La Deuxième Gauche, *par Hervé Hamon et Patrick Rotman*
P1052. La Tête en bas, *par Noëlle Châtelet*
P1053. Le Jour de la cavalerie, *par Hubert Mingarelli*
P1054. Le Violon noir, *par Maxence Fermine*
P1055. Vita Brevis, *par Jostein Gaarder*
P1056. Le Retour des caravelles, *par António Lobo Antunes*
P1057. L'Enquête, *par Juan José Saer*
P1058. Pierre Mendès France, *par Jean Lacouture*
P1059. Le Mètre du monde, *par Denis Guedj*
P1060. Mort d'une héroïne rouge, *par Qiu Xiaolong*
P1061. Angle mort, *par Sara Paretsky*
P1062. La Chambre d'écho, *par Régine Detambel*
P1063. Madame Seyerling, *par Didier Decoin*

P1064. L'Atlantique et les Amants, *par Patrick Grainville*
P1065. Le Voyageur, *par Alain Robbe-Grillet*
P1066. Le Chagrin des Belges, *par Hugo Claus*
P1067. La Ballade de l'impossible, *par Haruki Murakami*
P1068. Minoritaires, *par Gérard Miller*
P1069. La Reine scélérate, *par Chantal Thomas*
P1070. Trompe la mort, *par Lawrence Block*
P1071. V'là aut' chose, *par Nancy Star*
P1072. Jusqu'au dernier, *par Deon Meyer*
P1073. Le Rire de l'ange, *par Henri Gougaud*
P1074. L'Homme sans fusil, *par Ysabelle Lacamp*
P1075. Le Théoriste, *par Yves Pagès*
P1076. L'Artiste des dames, *par Eduardo Mendoza*
P1077. Les Turbans de Venise, *par Nedim Gürsel*
P1078. Zayni Barakat, *par Ghamal Ghitany*
P1079. Éloge de l'amitié, ombre de la trahison
par Tahar Ben Jelloun
P1080. La Nostalgie du possible. Sur Pessoa
par Antonio Tabucchi
P1081. La Muraille invisible, *par Henning Mankell*
P1082. Ad vitam aeternam, *par Thierry Jonquet*
P1083. Six Mois au fond d'un bureau, *par Laurent Laurent*
P1084. L'Ami du défunt, *par Andreï Kourkov*
P1085. Aventures dans la France gourmande, *par Peter Mayle*
P1086. Les Profanateurs, *par Michael Collins*
P1087. L'Homme de ma vie, *par Manuel Vázquez Montalbán*
P1088. Wonderland Avenue, *par Michael Connelly*
P1089. L'Affaire Paola, *par Donna Leon*
P1090. Nous n'irons plus au bal, *par Michelle Spring*
P1091. Les Comptoirs du Sud, *par Philippe Doumenc*
P1092. Foraine, *par Paul Fournel*
P1093. Mère agitée, *par Nathalie Azoulay*
P1094. Amanscale, *par Maryline Desbiolles*
P1095. La Quatrième Main, *par John Irving*
P1096. La Vie devant ses yeux, *par Laura Kasischke*
P1097. Foe, *par J.M. Coetzee*
P1098. Les Dix Commandements, *par Marc-Alain Ouaknin*
P1099. Errance, *par Raymond Depardon*
P1100. Dr la Mort, *par Jonathan Kellerman*
P1101. Tatouage à la fraise, *par Lauren Henderson*
P1102. La Frontière, *par Patrick Bard*
P1103. La Naissance d'une famille, *par T. Berry Brazelton*

P1104. Une mort secrète, *par Richard Ford*
P1105. Blanc comme neige, *par George P. Pelecanos*
P1106. Jours tranquilles à Belleville, *par Thierry Jonquet*
P1107. Amants, *par Catherine Guillebaud*
P1108. L'Or du roi, *par Arturo Perez-Reverte*
P1109. La Peau d'un lion, *par Michael Ondaatje*
P1110. Funérarium, *par Brigitte Aubert*
P1111. Requiem pour une ombre, *par Andrew Klavan*
P1113. Tigre en papier, *par Olivier Rolin*
P1114. Le Café Zimmermann, *par Catherine Lépront*
P1115. Le Soir du chien, *par Marie-Hélène Lafon*
P1116. Hamlet, pan, pan, pan, *par Christophe Nicolas*
P1117. La Caverne, *par José Saramago*
P1118. Un ami parfait, *par Martin Suter*
P1119. Chang et Eng le double-garçon, *par Darin Strauss*
P1120. Les Amantes, *par Elfriede Jelinek*
P1121. L'Étoffe du diable, *par Michel Pastoureau*
P1122. Meurtriers sans visage, *par Henning Mankell*
P1123. Taxis noirs, *par John McLaren*
P1124. La Revanche de Dieu, *par Gilles Kepel*
P1125. À ton image, *par Louise L. Lambrichs*
P1126. Les Corrections, *par Jonathan Franzen*
P1127. Les Abeilles et la Guêpe, *par François Maspero*
P1128. Les Adieux à la Reine, *par Chantal Thomas*
P1129. Dondog, *par Antoine Volodine*
P1130. La Maison Russie, *par John le Carré*
P1131. Livre de chroniques, *par António Lobo Antunes*
P1132. L'Europe en première ligne, *par Pascal Lamy*
P1133. Les Nouveaux Maîtres du monde, *par Jean Ziegler*
P1134. Tous des rats, *par Barbara Seranella*
P1135. Des morts à la criée, *par Ed Dee*
P1136. Allons voir plus loin, veux-tu ?, *par Anny Duperey*
P1137. Les Papas et les Mamans, *par Diastème*
P1138. Phantasia, *par Abdelwahab Meddeb*
P1139. Métaphysique du chien, *par Philippe Ségur*
P1140. Mosaïque, *par Claude Delarue*
P1141. Dormir accompagné, *par António Lobo Antunes*
P1142. Un monde ailleurs, *par Stewart O'Nan*
P1143. Rocks Springs, *par Richard Ford*
P1144. L'Ami de Vincent, *par Jean-Marc Roberts*
P1145. La Fascination de l'étang, *par Virginia Woolf*
P1146. Ne te retourne pas, *par Karin Fossum*

P1147. Dragons, *par Marie Desplechin*
P1148. La Médaille, *par Lydie Salvayre*
P1149. Les Beaux Bruns, *par Patrick Gourvennec*
P1150. Poids léger, *par Olivier Adam*
P1151. Les Trapézistes et le Rat, *par Alain Fleischer*
P1152. À livre ouvert, *par William Boyd*
P1153. Péchés innombrables, *par Richard Ford*
P1154. Une situation difficile, *par Richard Ford*
P1155. L'éléphant s'évapore, *par Haruki Murakami*
P1156. Un amour dangereux, *par Ben Okri*
P1157. Le Siècle des communismes, *ouvrage collectif*
P1158. Funky Guns, *par George P. Pelecanos*
P1159. Les Soldats de l'aube, *par Deon Meyer*
P1160. Le Figuier, *par François Maspero*
P1161. Les Passagers du Roissy-Express, *par François Maspero*
P1125. À ton image, *par Louise L. Lambrichs*
P1162. Visa pour Shanghaï, *par Qiu Xiaolong*
P1163. Des dahlias rouge et mauve, *par Frédéric Vitoux*
P1164. Il était une fois un vieux couple heureux
par Mohammed Khaïr-Eddine
P1165. Toilette de chat, *par Jean-Marc Roberts*
P1166. Catalina, *par Florence Delay*
P1167. Nid d'hommes, *par Lu Wenfu*
P1168. La Longue Attente, *par Ha Jin*
P1169. Pour l'amour de Judith, *par Meir Shalev*
P1170. L'Appel du couchant, *par Gamal Ghitany*
P1171. Lettres de Drancy
P1172. Quand les parents se séparent, *par Françoise Dolto*
P1173. Amours sorcières, *par Tahar Ben Jelloun*
P1174. Sale Temps, *par Sara Paretsky*
P1175. L'Ange du Bronx, *par Ed Dee*
P1176. La Maison du désir, *par France Huser*
P1177. Cytomégalovirus, *par Hervé Guibert*
P1178. Les Treize Pas, *par Mo Yan*
P1179. Le Pays de l'alcool, *par Mo Yan*
P1180. Le Principe de Frédelle, *par Agnès Desarthe*
P1181. Les Gauchers, *par Yves Pagès*
P1182. Rimbaud en Abyssinie, *par Alain Borer*
P1183. Tout est illuminé, *par Jonathan Safran Foer*
P1184. L'Enfant zigzag, *par David Grossman*
P1185. La Pierre de Rosette, *par Robert Solé et Dominique Valbelle*
P1186. Le Maître de Petersbourg, *par J.M. Coetzee*

P1187. Les Chiens de Riga, *par Henning Mankell*
P1188. Le Tueur, *par Eraldo Baldini*
P1189. Un silence de fer, *par Marcello Fois*
P1190. La Filière du jasmin, *par Denise Hamilton*
P1191. Déportée en Sibérie, *par Margarete Buber-Neumann*
P1192. Les Mystères de Buenos Aires, *par Manuel Puig*
P1193. La Mort de la phalène, *par Virginia Woolf*
P1194. Sionoco, *par Leon de Winter*
P1195. Poèmes et Chansons, *par Georges Brassens*
P1196. Innocente, *par Dominique Souton*
P1197. Taking Lives / Destins violés, *par Michael Pye*
P1198. Gang, *par Toby Litt*
P1199. Elle est partie, *par Catherine Guillebaud*
P1200. Le Luthier de Crémone, *par Herbert Le Porrier*
P1201. Le Temps des déracinés, *par Elie Wiesel*
P1202. Les Portes du sang, *par Michel del Castillo*
P1203. Featherstone, *par Kirsty Gunn*
P1204. Un vrai crime pour livres d'enfants, *par Chloe Hooper*
P1205. Les Vagabonds de la faim, *par Tom Kromer*
P1206. Mister Candid, *par Jules Hardy*
P1207. Déchaînée, *par Lauren Henderson*
P1208. Hypnose mode d'emploi, *par Gérard Miller*
P1209. Corse, *par Jean-Noël Pancrazi et Raymond Depardon*
P1210. Le Dernier Viking, *par Patrick Grainville*
P1211. Charles et Camille, *par Frédéric Vitoux*
P1212. Siloé, *par Paul Gadenne*
P1213. Bob Marley, *par Stephen Davies*
P1214. Ça ne peut plus durer, *par Joseph Connolly*
P1215. Tombe la pluie, *par Andrew Klavan*
P1216. Quatre Soldats, *par Hubert Mingarelli*
P1217. Les Cheveux de Bérénice, *par Denis Guedj*
P1218. Les Garçons d'en face, *par Michèle Gazier*
P1219. Talion, *par Christian de Montella*
P1220. Les Images, *par Alain Rémond*
P1221. La Reine du Sud, *par Arturo Perez-Reverte*
P1222. Vieille Menteuse, *par Anne Fine*
P1223. Danse, danse, danse, *par Haruki Murakami*
P1224. Le Vagabond de Holmby Park, *par Herbert Lieberman*
P1225. Des amis haut placés, *par Donna Leon*
P1226. Tableaux d'une ex., *par Jean-Luc Benoziglio*
P1227. La Compagnie, le grand roman de la CIA, *par Robert Little*
P1228. Chair et sang, *par Jonathan Kellerman*

P1230. Darling Lilly, *par Michael Connelly*
P1231. Les Tortues de Zanzibar, *par Giles Foden*
P1232. Il a fait l'idiot à la chapelle !, *par Daniel Auteuil*
P1233. Lewis & Alice, *par Didier Decoin*
P1234. Dialogue avec mon jardinier, *par Henri Cueco*
P1235. L'Émeute, *par Shashi Tharoor*
P1236. Le Palais des Miroirs, *par Amitav Ghosh*
P1237. La Mémoire du corps, *par Shauna Singh Baldwin*
P1238. Middlesex, *par Jeffrey Eugenides*
P1239. Je suis mort hier, *par Alexandra Marinina*
P1240. Cendrillon, mon amour, *par Lawrence Block*
P1241. L'Inconnue de Baltimore, *par Laura Lippman*
P1242. Berlinale Blitz, *par Stéphanie Benson*
P1243. Abattoir 5, *par Kurt Vonnegut*
P1244. Catalogue des idées reçues sur la langue
par Marina Yaguello
P1245. Tout se paye, *par Georges P. Pelacanos*
P1246. Autoportrait à l'ouvre-boîte, *par Philippe Ségu*ı
P1247. Tout s'avale, *par Hubert Michel*
P1248. Quand on aime son bourreau, *par Jim Lewis*
P1249. Tempête de glace, *par Rick Moody*
P1250. Dernières Nouvelles du bourbier, *par Alexandre Ikonnikov*
P1251. Le Rameau brisé, *par Jonathan Kellerman*
P1252. Passage à l'ennemie, *par Lydie Salvayre*
P1254. Le Goût de l'avenir, *par Jean-Claude Guillebaud*
P1255. L'Étoile d'Alger, *par Aziz Chouaki*
P1256. Cartel en tête, *par John McLaren*
P1257. Sans penser à mal, *par Barbara Seranella*
P1258. Tsili, *par Aharon Appelfeld*
P1259. Le Temps des prodiges, *par Aharon Appelfeld*
P1260. Ruines-de-Rome, *par Pierre Sengès*
P1261. La Beauté des loutres, *par Hubert Mingarelli*
P1262. La Fin de tout, *par Jay McInerney*
P1263. Jeanne et les siens, *par Michel Winock*
P1264. Les Chats mots, *par Anny Duperey*
P1265. Quand j'avais cinq ans, je m'ai tué, *par Howard Buten*
P1266. Vers l'âge d'homme, *par J.M. Coetzee*
P1267. L'Invention de Paris, *par Eric Hazan*
P1268. Chroniques de l'oiseau à ressort, *par Haruki Murakami*
P1269. En crabe, *par Günter Grass*
P1270. Mon père, ce harki, *par Dalila Kerchouche*
P1271. Lumière morte, *par Michael Connelly*

P1272. Détonations rapprochées, *par C.J. Box*
P1273. Lorsque la nature parlait aux Égyptiens
par Christian Desroches Noblecourt
P1274. Le Tribunal des Flagrants Délires, t. 1
par Pierre Desproges
P1275. Le Tribunal des Flagrants Délires, t. 2
par Pierre Desproges
P1276. Un amant naïf et sentimental, *par John le Carré*
P1277. Fragiles, *par Philippe Delerm et Martine Delerm*
P1278. La Chambre blanche, *par Christine Jordis*
P1279. Adieu la vie, adieu l'amour, *par Juan Marsé*
P1280. N'entre pas si vite dans cette nuit noire
par António Lobo Antunes
P1281. L'Évangile selon saint Loubard, *par Guy Gilbert*
P1282. La femme qui attendait, *par Andreï Makine*
P1283. Les Candidats, *par Yun Sun Limet*
P1284. Petit Traité de désinvolture, *par Denis Grozdanovitch*
P1285. Personne, *par Linda Lê*
P1286. Sur la photo, *par Marie-Hélène Lafon*
P1287. Le Mal du pays, *par Patrick Roegiers*
P1288. Politique, *par Adam Thirlwell*
P1289. Érec et Énide, *par Manuel Vazquez Montalban*
P1290. La Dormeuse de Naples, *par Adrien Goetz*
P1291. Le croque-mort a la vie dure, *par Tim Cockey*
P1292. Pretty Boy, *par Lauren Henderson*
P1293. La Vie sexuelle en France, *par Janine Mossuz-Lavau*
P1294. Souvenirs obscurs d'un Juif polonais né en France
par Pierre Goldman
P1295. Dans l'alcool, *par Thierry Vimal*
P1296. Le Monument, *par Claude Duneton*
P1297. Mon nerf, *par Rachid Djaïdani*
P1298. Plutôt mourir, *par Marcello Fois*
P1299. Les pingouins n'ont jamais froid, *par Andreï Kourkov*
P1300. La Mitrailleuse d'argile, *par Viktor Pelevine*
P1301. Un été à Baden-Baden, *par Leonid Tsypkin*
P1302. Hasard des maux, *par Kate Jennings*
P1303. Le Temps des erreurs, *par Mohammed Choukri*
P1304. Boumkœur, *par Rachid Djaïdani*
P1305. Vodka-Cola, *par Irina Denejkina*
P1306. La Lionne blanche, *par Henning Mankell*
P1307. Le Styliste, *par Alexandra Marinina*
P1308. Pas d'erreur sur la personne, *par Ed Dee*